JN090948

二見文庫

夜の卒業式

睦月影郎

目次

夜の卒業式

第一章　部室でムラムラ

1

（とうとう卒業式を迎えてしまった……）

鳥塚玲児《とりつかれいじ》は、重い足取りで最後の登校をした。

今日は卒業式で、制服を着るのも今日が最後だった。

なぜ気が重いかという理由は、二つあった。

一つは、とうとうファーストキスも未経験の童貞で卒業してしまうこと。もう一つは、不良の木場武夫《きばたけお》にさんざん金をせびられ、それを返してくれと言えないことである。

玲児は十八歳になったばかり、受けた大学は全て落ち、浪人が決まっていた。

勉強は中程度、スポーツは全く駄目で小柄。それなりに友人もいるが、親友と言える相手はおらず、多分卒業後は疎遠になるだろう。

好きな子もそれなりにいた。クラスの笹山由香《ささやまゆか》だ。笑窪の可愛い美少女で、恐らく処女に違いない。

それにもう一人、担任の国語教師でメガネ美女、二十六歳になる小野弥生《おのやよい》だ。

希望としては、弥生先生にセックスの手ほどきを受け、女体を知ってから無垢な由香と結ばれることだったが、そんな妄想ばかりで若いザーメンを放出しまくってきた。

いや、この二人でなく、クラスの女子の誰でも良かった。

処女ではないだろうが、不良の浦山明菜《うらやまあきな》でも良いと思った。彼女は、茶髪に染めて化粧もし、千円出せば手でしてくれるという噂だった。もっと出せばセックスもさせてくれるらしく、玲児は本気でお願いしようと思いつつ、結局恥ずかしくて言い出せなかったのである。

運動は苦手だが、性欲だけは強く、日に二度三度とオナニーしなければ気持ちが治まらなかったのだ。

登校したものの、卒業式前のホームルームにはまだ時間があるので、彼は旧館二階にある文芸部室へ行った。三年間馴染んだ場所で、弥生が顧問で、由香も部員だったから、クラスより部室で多く顔を合わせていたのだ。

それでも友人以上になれず、由香の様々な表情を思い出しては、家で寝しなに抜きまくっていたのである。

将来は、文学部を出て出版社にでも就職し、あるいは持ち込みしながら作家デビューできれば良いと思っていた。それほど、読むことと書くことが好きだったのだ。

玲児は誰もいない部室で、急に勃起してきてしまった。

どうせ卒業式の今日は、弥生や由香や他の部員が来ることもないだろう。

ここは、やはり神聖な部室なので、玲児もオナニーしたことは一度も無かった。

しかし高校生最後の今日は、何やらその衝動に駆られてしまった。

自宅ではなく、弥生や由香が何度も出入りしていた場所で絶頂を迎えるのも悪くないかも知れない。

彼は部室の椅子に座り、股間のファスナーを開けようとした。

だが、その時である。いきなりドアがノックされ、一人の女子が入って来たのだった。

（うわ……！）

声を上げそうになるのを堪えて見ると、それは何と不良少女、明菜であった。

由香とは全く違うタイプだが、案外仲は良いらしい。

「一人なのね。さっき旧館に入るのを見たから」

明菜が言い、ドアを内側から閉めた。

「何してるの」

「ただ、思い出に浸ってただけだよ」

「そう、ちょっと訊きたかったんだけど、鳥塚って霊感強い？」

明菜が唐突に言った。

この地方都市の土地柄なのか、クラスでは普通、比較的男女とも姓の呼び捨てである。

「強くないよ。何で急にそんなことを」

「ううん、私も強いんだけどさ、なんかそんな気がしただけ」

明菜は言って近づき、無遠慮に座っている彼の顔を見つめた。ほんのりと甘いリンスと薄化粧の香りが感じられた。

校則違反でも停学や退学にならないのは、彼女が案外成績優秀で、実際良い大学に合格しているから、学校としても宣伝になるからだ。それに明菜も暴力事件や問題を起こしたわけでもなく、ただマイペースに自由な髪型をして、制服を少し着崩す程度であった。

「それで、さっき鳥塚を見たとき気がついたんだけど、すごい悶々のオーラを出してたよ。理由は聞かなくても何となく分かる。女の子と何もせず卒業するのが残念なんでしょう」

明菜が彼の顔を覗き込むようにして早口気味に言うと、ほんのり甘酸っぱい息の匂いが感じられた。特に煙草の匂いも混じらず、見かけによらず清らかな果実臭で、思わず玲児はドキリと胸を震わせた。

「そ、そんな奴はいくらでもいるだろう……」

「うん、確かに。でも鳥塚はなんか気になったので来てみたんだ。良ければ指でしてやるよ。初めて人の手でされるのも良いもんだからさ」

「し、してくれるの？　どうして……」

「理由なんかないよ。私の守護霊が、そうしろと言ってるようなものでね。嫌なら別にいいけど」

「し、してほしい……」

玲児は勢い込むようにして、ムクムクと勃起しながら答えていた。

財布には千円ぐらい入っている。そして、とうとう卒業式の日、高校生でいるギリギリ最後の日に、女子の手で発射できる幸福感と期待に、美しい弥生や可憐な由香の面影も吹き飛び、今はクラスで最も大人っぽい明菜に気持ちが向いてしまっていた。

「じゃ、ペニス出して。正面だと引っ掛かるから、後ろからしてあげるね」

明菜が背後に回ったので、玲児も見られる羞恥を乗り越えることが出来、ファスナーを下ろし勃起した肉棒を引っ張り出した。

すると明菜が後ろから手を回してペニスに触れ、彼の背に制服の膨らみを押し付けてきた。

「すごい勃ってるわ。なるべく我慢した方が気持ちいいからね」

耳元で彼女が囁き、柔らかな手のひらにペニスをやんわりと包み込み、ニギニギと微妙に動かしはじめた。

「ああ……、ね、キスしたい……」

「ダメだよ。キスは本当に好きな人としな」

明菜が言うと、また甘酸っぱい果実臭の吐息が悩ましく鼻腔を刺激してきた。次第に彼女の指がリズミカルな動きになり、玲児は生まれて初めて人の手で愛撫され、急激に絶頂を迫らせた。

「もっと脚を広げて。ズボンが汚れるよ」

明菜が、彼の肩に顎を乗せ、股間を見下ろしながら本格的な摩擦運動を開始した。そして彼が椅子に座ったまま大股開きになると、明菜は左手も股間に回し、指先でコチョコチョと陰嚢《いんのう》をくすぐってくれた。

「い、いきそう……」

「いいよ、いつでもいって。あ、私の口匂う？」

「すごくいい匂い……」

「ふふ、あんたも目の前にいる人が好きになっちゃうタイプだね。本命は由香のくせに」

明菜は、何でもお見通しというふうに囁き、幹をしごく右手と、陰嚢をくすぐる左手の動きを活発にさせた。

そしていきなり背後から、彼女はキュッと玲児の耳に軽く歯を立ててきた。

「い、いく、アアッ……！」

たちまち玲児は絶頂の快感に貫かれて喘いだ。

「気持ちいいでしょう。いっぱい出すんだよ」

明菜が甘酸っぱい息で囁き、玲児もしごかれながら、同級生なのにまるでお姉さんに甘えるように寄りかかり、匂いに酔いしれながら熱い大量のザーメンをほとばしらせた。実際明菜は、来月には十九歳になるのである。

それはドクンドクンと脈打つように、放物線を描いて床に落下した。

「すごい勢い……」

明菜が耳元で息を呑み、なおも彼が最後の一滴を搾り出すまでしごき続けてくれた。しかも勢いが弱まると、動きも徐々に弱めてくれた。

玲児は、初めて人の手で射精した感激と快感に、いつまでも動悸と荒い呼吸が治まらなかった。

「も、もういい、有難う……」

玲児が身をよじって言い、幹をヒクヒクと過敏に震わせると、ようやく明菜もペニスと陰嚢から指を離した。そしてティッシュを出し、少し濡れたか右手の指を拭い、彼の背から身を離して前に回ると、濡れた尿道口と亀頭も丁寧に拭ってくれた。

「アア、また勃っちゃいそう……」

何もかも世話を焼いてもらい、玲児は自分で処理しなくて済む幸せを感じた。

「そろそろホームルームだよ。しまいな」

明菜がティッシュを部室のクズ籠に捨てて言い、玲児も立ち上がって身繕いをし、ティッシュで床のザーメンも拭き清めたのだった。

2

「あれ？　なんか変だよ、鳥塚……」

一緒に部室を出ようとすると、明菜が玲児に言った。

「え……？」

そういえば玲児も、妙な違和感を全身に、いや、頭の中に感じていたのだ。

何やら、言葉にならない多くの想念が溢れ返っているのだ。

「オーラが全然違う。怪物並みだよ……。鳥塚が、取り憑《つ》かれた……」

明菜は彼を凝視して身震いした。

「もしかして、初めて人の手で射精して、何かに目覚めたのかも……」

彼女が言い、持っているという霊感を駆使して見極めようとしたが、無理のようだ。

「とにかく、コントロールできるまで、滅多に使わない方がいいよ。何かを念じたりすると、大変なことになるかも知れないから……」

「う、うん……」

何やら分からないが、玲児も自身が落ち着くのを待とうと思った。

「じゃ教室へ行こう」

「うん、その前に、あの……」

部室を出る前に、玲児は言い淀んだ。

すると、すぐに明菜も察したように答えた。

「まさか、千円払おうってんじゃないだろうね。あれは木場が流した噂だよ。させてくれって言うから、十万持って来なと答えたので、根に持った奴が言いふらしたんだ」

「そうか……」

「私は、あんたが気になったし、少し気に入ってるからしてあげただけ」

「うん、素直に好意を受け取るよ」

玲児は答え、やがて部室を出ると新館四階の教室へと向かった。まだ快感の余韻に足取りがフワフワして、宙を舞うようだった。

とにかく卒業式の日に、校内で、女子の手で射精させてもらったのである。

それはきっと一秒のファーストキスよりも、ずっと心に残る思い出になるだろうと思った。

教室に入ると、もう生徒たちも揃い、間もなく担任の弥生が入ってきた。

「おはよう。じゃホームルームをはじめます。出席を取るのも最後ね」

弥生が少し感慨深げに言って出席簿を開き、メガネを押し上げて名を呼びはじめた。

悪ガキで柔道部だった木場武夫がいる。可憐な由香も軽やかな声で返事をし、明菜はまだ気になるように、チラチラと玲児の方ばかり見ていた。

玲児自身も、内なる変化を何とか把握しようとしてみた。

どうやら、射精とともに絶大な力を持つ守護神が目覚めたか、あるいは多くの精霊が彼の味方をしてくれるような気になるのである。

神や霊と会話は交わせないが、周囲にいる多くの霊たちを身の内に取り込むと何やらその霊の能力が玲児に移るような気がした。

例えば、学者の霊を呼び寄せれば、その膨大な知識が頭の中に溢れ、江戸時代の人の霊を取り入れると、リアルな江戸の風景が脳裏に浮かんできた。

（これは……）

玲児は、多くの霊の知識の洪水に戸惑っていたが、次第に制御できるようになり、思った知識を持つ霊だけを受け入れ、また別の霊と入れ替えることも出来たのだった。

別に親や先祖に霊感の強い人がいたということもないのに、抑圧された欲望が解放され、急に能力に目覚めたのかも知れない。

そして一番顕著なのが、性欲の増大であった。

さっき出したばかりなのに明菜の匂いと感触を思い出すだけで激しく勃起し、まして教室には弥生も由香もいるので、押さえないと今にも射精してしまいそうだった。

やがてホームルームが終わり、一同は式の行われる体育館へと移動した。

三月上旬、だいぶ桜の蕾も膨らみはじめ、山の麓にある高校も春の匂いを含む風に包まれていた。

卒業生は席に着き、後ろの方に二年生や父兄が集まってきた。

そして校長の祝辞、国歌と校歌、「仰げば尊し」の合唱。送辞と答辞、卒業証書の授与を終えると無事に卒業式が終了した。

卒業生は、もう一度教室へ戻って最後のホームルームをして解散となる。

各クラブ活動も、それぞれの部室で下級生が小宴の準備を整えているようだ。

しかし、わが文芸部には下級生がおらず、新入生で入部希望者がいない場合は廃部と決まっているので、見送ってくれる後輩もいない。

玲児は体育館を出て、教室に向かう前に木場を呼び止めた。

「おい木場、三年間で貸していた金を返して欲しいんだ」

「なに？　いま何て言った」

彼が言うと、武夫は濃い眉を険しくさせて凄んだ。

「とにかく移動しよう。寸借も含めて、全部で一万九千六百五十円だ。年中メモしていたので間違いはない。利息を含め二万円ちょうどでいい」

玲児は、武夫を人けのない体育館裏に誘って言った。

「お前、どうかしたのか」

「今は二万もないだろうから、あるだけでいい。また後日、家へ取りに行く」

「そんな覚えはねえ。言いがかりを付けるな」

「言いがかりで金をせびっていたのはお前だろう。返さないなら、膝を突いて恵んで下さいと頼め」

「てめえ、いい加減にしろ！」

武夫がいきなり怒鳴って拳骨を飛ばしてきた。

玲児は武道家の霊を憑依させていたので、難なく躱《かわ》しながら奴の手首を捻り、回り込んで投げつけていた。

どうやら武道家は合気道の達人らしい。武道家の霊も、久々に生身の肉体に憑依して技を繰り出すことに、嬉々としているようだった。

「うわ……！」

見事に一回転した武夫は呻《うめ》き、柔道と技が違うので受け身を取り損ね、肩から地面に叩きつけられた。

それでも柔道二段の武夫は懸命に起き上がり、今度はパンチではなく玲児の腕を摑んで引き寄せてきた。得意の一本背負いだろう。

玲児は投げられるに任せ、弧を描きながら反転して足から降り立ち、すかさず手首を捻って小手返し。

またもや武夫は宙に舞い、激しく地面に叩きつけられていた。

「うぐ……！　て、てめえ……」

武夫は苦悶し顔を歪めながら身を起こそうとしたが、すぐには立てなかった。

「とにかく両親が一生懸命働いて僕にくれた小遣いだからな、絶対に返してもらう。それともまだやるか」

「ど、どこでそんな技を……」

「もともと強いんだよ。バカとの喧嘩に使いたくないから大人しくしていただけだ。さあ返すか返さないか」

玲児は言って支え起こしながら、渾身の力で奴の手首を握った。

「いててて……！」

怪力の霊を宿したので、武夫は悲鳴を上げながら何とか立ち上がった。

「どうする。今あるだけでも返せ」

「わ、分かった……」

手首を捻りながら言うと、武夫も小刻みに頷いて答えた。

そして財布から二千円ばかり出したので受け取り、ポケットに入れた。

そのまま、脂汗を滲ませている武夫を置いて、先に教室に向かうと、

「見てたよ。何かを順々に憑依させていたみたい」

明菜が駆け寄り、興奮に息を弾ませて言った。

「うん、どうやら色んなタイプの霊を取り入れられるようなんだ」

「すごい……、じゃセックスの達人も呼び寄せられるのね……」

彼が答えると、明菜が目をキラキラさせて言った。

「たぶん。霊には時間も空間も無いから、呼べばすぐに憑依してくれるようだ」

「居座らないのかしら」

「それは大丈夫。たまの生身は有難くて居続けたいようだけど、他のタイプを呼べばすぐ素直に入れ替わってくれるみたいなんだ」

玲児は言い、やがて教室に入ると、少し遅れてヨロヨロと武夫が戻り、再び弥生も入ってきた。

「卒業おめでとう。じゃこれから新たな世界で、身体に気をつけて頑張ってね」

弥生が皆を見回して言ったが、まだまだ玲児はお別れする気はなかった。

多くの霊の力があればオールマイティの能力だ。それを駆使すれば、弥生と初体験する夢も叶うだろう。

もちろん由香の好みのタイプの男を憑依させれば、彼女だって言いなりになるに違いない。

やがて卒業アルバムを配ってホームルームが終わると解散となり、大部分の生徒は下校となった。

武夫は恨みがましく玲児を睨んでいたが、柔道部の下級生たちが催す送別会があるらしく、仕方なく教室を出ていった。

そこで玲児は、すぐにも第一のターゲットを弥生に絞り、行動を起こすことにしたのだった。

3

「ね、詳しく話してほしいんだけど」

「うん、僕もいろいろ相談したいけど、今日は用事があるんだ」

明菜が追ってきて言ったが、玲児は彼女に感謝しつつ、また後日ということにしてもらった。

「そう、今日はまだ高校生だから、することがあるもんね……」

明菜も察しの良いところを見せ、すぐにも彼が弥生をどうにかすると思ったかのように答えた。

「じゃ、また必ず会って」

「うん、連絡するから」

玲児は言い、互いのラインを交換して明菜とは別れ、弥生のところへ行った。

「先生、今日は会議とか何かあるんですか」

廊下で弥生を呼び止めて言うと、

「ううん、今日は会議も謝恩会もないから帰るだけだけど、鳥塚君、何か雰囲気が変わった?」

弥生が何かに気づいたように、レンズの奥から彼を見つめた。

もちろん玲児は、彼女の好みである今は亡き男優の霊を憑依させ、男性フェロモンを全開にしていた。

「いいえ、変わりないです。文芸部の集まりをしたくて、その打ち合わせをしたいんですけど、出来れば先生の家で」

玲児は、男優ばかりでなく、押しの強いタイプや安心感を与えるタイプの霊など、順々に呼び込んで彼女に迫った。

「そう、どうしようかな……」

弥生は少し迷ったが、やがて応じてくれ、一緒に校舎を出た。

彼女は車で来ているので、玲児は校門から少し離れた場所で待機した。

そして弥生の車が来て停まると、他の教師や生徒に見られないよう素早く乗り込んだ。

「生徒を乗せるの初めてだわ。家へ呼ぶのも」

弥生はスタートしながら言い、それでもためらいなくアクセルを踏んでハンドルを操った。

やがて彼女の住むハイツに着き、駐車場に停めた車を降り、一緒に一階の隅にある部屋に入った。玲児が上がり込むと、弥生はドアを内側から閉めてカチリとロックした。セールス対策の習慣なのだろうが、彼は密室に入ったことを実感して胸が高鳴った。

もちろんペニスは最大限に勃起している。

どうやら霊たちも、性欲への思い残しが多いようで、それらを憑依させれば無限大に射精出来そうだ。

いや、そんなことしなくても、朝に明菜に射精させてもらったときのことを考えれば、生身のままで何度でも出来そうだった。何しろ相手は、三年間憧れ続け抜き続けてきた弥生なのである。

室内は広いワンルームタイプでキッチンも清潔にされ、奥の窓際にはベッド、手前に学習机やソファやテレビなどが機能的に配置され、室内にはほんのり甘い匂いが立ち籠めていた。

弥生の守護霊からの情報で、彼女には過去に二人の男がいたことが判明した。

それが言葉ではなく、感覚として玲児に伝わるのである。

守護霊も、何でも無条件に教えてくれるわけではないが、今日は弥生の快楽のためということで協力してくれたようだ。

何しろ弥生も、二人目の彼氏と別れて一年経ち、相当に欲求も溜まっている頃らしい。

「文芸部の集まりは、どのようにしたいの?」

「ええ、それより今日は、どうか僕に性の手ほどきをしてほしいんです」

弥生が訊くので、玲児は思いきって言ってしまっていた。今まではシャイで言えないことも、今は多くの霊の力があると思うと堂々と口に出せた。

「え……?」

弥生は、彼の発するオーラに操られそうになりながらも、やはり教師として最後の戸惑いを見せた。

「でも、教師と生徒なのよ……」

「もう卒業したのだから生徒じゃないです。どうか、童貞も卒業したいので、ずっと思っていた弥生先生にお願いしたいんです」

玲児は言いながら、学生服を脱ぎはじめた。

「ど、どうしたらいいのかしら……」

弥生も、ためらいと欲求の狭間で言い淀んだが、多くの霊の後押しを受けて玲児は全裸になり、先に彼女のベッドに横になってしまった。

何しろ霊たちも、彼の肉体に憑依して、童貞喪失の快感をもう一度味わいたくて仕方ないのだろう。

しかし多くの想念が彼の邪魔をすることはなく、彼も憑依させながら雑多な想念をシャットアウトすることを、短い間に習得しはじめているのだった。

弥生の使う枕には、何とも甘ったるく悩ましい匂いが沁み付いていた。汗や涎、髪や体臭が入り混じり、嗅ぐたびに刺激が胸に広がり、股間に伝わっていった。

やがて、意を決したように、弥生もスーツを脱ぎはじめていった。それでも、まだためらうように脱いだものを順々に丁寧にハンガーに掛けていった。

そしてブラとショーツだけの姿になると、

「こっち見ないで……」

弥生が背を向けて言い、あとは手早くブラを外して最後の一枚を下ろしていった。白く滑らかな背中と、豊満な尻が向けられ、とうとう彼女も一糸まとわぬ姿になると、今まで服の内に籠もっていた熱気が、さらに甘い匂いを含んで揺らめいた。

弥生は胸を隠して向き直ると、急いで彼に添い寝してきた。

とうとう、卒業の日の初体験が現実のものになるのだ。

彼女がメガネを外して枕元に置こうとするので、

「あ、メガネはそのままにして下さい」

玲児は見慣れた顔を求めて言った。すると彼女もメガネをかけ直し、緊張気味に身を強ばらせて横たわった。

彼は甘えるように腕枕してもらい、温もりに包まれながら目の前で息づく、意外なほど豊かな膨らみを見つめた。そして腋の下に鼻を埋めると、

「あ、ダメ……」

まだシャワーも浴びていないことを思い出したように、弥生が声を洩らした。

スベスベの腋は生ぬるく湿り、何とも甘ったるい汗の匂いが馥郁《ふくいく》と鼻腔を刺激してきた。

（ああ、これが先生の匂い……）

玲児は悩ましく胸を満たしながら感激と興奮に包まれ、そろそろと豊かな膨らみに手を這わせていった。

柔らかな感触を揉みしだき、指の腹でクリクリと乳首をいじると、

「アア……」

弥生がビクリと反応して熱く喘ぎ、さらに濃い匂いが漂った。

恐らく最後の入浴は昨夜で、今日は朝から卒業式の準備で動き回っていたのだろう。

まして彼女は、玲児が入学したときに新任だったから、丸三年間教えた生徒の卒業式は初めてで、それなりに緊張と思い入れも強かったに違いない。

玲児の方は、ちゃんと朝風呂に入って、自宅の隣で設計事務所を開いている両親に送り出されてきたのだ。

やがて彼は、充分に美人教師の体臭で鼻腔を満たしてから、そっと移動してチュッと強く乳首に吸い付いた。

「あう……、もっと優しく……」

また弥生がビクッと白い肌を震わせて呻き、彼は吸う力を和らげて乳首を舌で転がした。

顔中を膨らみに押し付けて感触と温もりを味わい、もう片方の乳首にも移動して含み、念入りに舐め回した。

「ああ……」

弥生は喘ぎ、少しもじっとしていられないようにクネクネと身悶えた。

やはり久々ということ以上に、教え子としていることに相当感度を高めているのだろう。

彼は左右の乳首を充分に味わうと、そのまま滑らかな肌を舐め降りていった。

肌はどこもスベスベで、玲児は形良い臍を舌先で探り、ピンと張り詰めた下腹に顔を埋めて弾力を味わった。

耳を当てると微かな消化音も聞こえ、やはり弥生も女神様ではなく生身の人間であることを実感した。

まだ股間に行くのは早い。肝心な部分は最後にしようと、彼は腰のラインから太腿へ降りていった。

ムッチリした太腿の感触を味わい、さらに脚を舐め降りていった。

脛も手入れされているのか滑らかな舌触りで、やがて足首まで下りると彼は足裏に回り込んだ。

踵から土踏まずを舐め、形良く揃った指の間に鼻を押し付けて嗅ぐと、そこは汗と脂に生ぬるく湿り、蒸れた匂いが沁み付いていた。

4

「あう、ダメ……！」

玲児が爪先にしゃぶり付き、順々に指の股に舌を割り込ませて味わうと、弥生が呻き、唾液に濡れた指で彼の舌を挟み付けてきた。

彼は両足とも味と匂いが薄れるまでしゃぶり尽くし、いよいよ股間に向かおうとすると、

(背中も舐めろ)

(尻が先だ！)

と多くの想念が流れ込み、玲児はまたシャットアウトした。

つい行為に専念すると、僅かな隙に霊たちが自己主張をはじめるのだが、そのうち上手くコントロールできるようになるだろう。

そこで彼も、また股間を後回しにして弥生をうつ伏せにさせると、彼女も素直に腹這いになってくれた。

踵からアキレス腱、脹《ふく》ら脛《はぎ》を舐め上げ、汗ばんだヒカガミから太腿、白く豊満な尻の丸みをたどって、腰から滑らかな背中に舌を這わせていくと、ブラの痕は淡い汗の味がした。

「アア……、くすぐったいわ……」

弥生が顔を伏せて喘いだ。背中もかなり感じる部分らしいので、やはり体験を積んだ霊の言うことは聞いて良かったと思った。

肩まで行ってセミロングの髪に鼻を埋めると、リンスの香りに混じりほのかな汗の匂いも感じられた。

耳の裏側にも鼻を押し付けると蒸れた匂いが籠もり、舌を這わせて湿り気を味わった。そして再び背中を舐め降り、たまに脇腹にも寄り道してから、豊かな尻に戻ってきた。

うつ伏せのまま股を開かせ、腹這いになって尻に迫ると実に迫力があった。

指でムッチリとした谷間を広げると、奥には薄桃色の蕾がひっそり閉じられ、恥じらうように細かな襞をキュッと引き締めた。

何と清らかで艶めかしい眺めだろう。

玲児は吸い寄せられるように蕾に鼻を埋め込むと、顔中にひんやりした双丘がキュッと心地よく密着した。

蕾には蒸れた汗の匂いが生ぬるく籠もり、彼は充分に嗅いでから舌を這わせ、息づく襞を濡らしてヌルッと潜り込ませた。

「く……、ダメ……」

弥生が驚いたように呻き、キュッときつく肛門で舌先を締め付けてきた。

玲児は舌を蠢かせ、滑らかな粘膜を探った。

「アア……」

すると弥生が違和感に喘ぎ、それ以上の刺激を拒むようにゴロリと寝返りを打ってきた。彼も舌を離して片方の脚をくぐり、再び仰向けになった弥生の股間に顔を寄せた。

滑らかな内腿に舌を這わせ、中心部に迫って目を凝らすと、股間の丘には柔らかそうな恥毛がふんわりと茂り、割れ目からは花びらがはみ出していた。

割れ目全体は、蜜を宿してヌメヌメと妖しく潤っていた。

（とうとうここまで辿り着いたんだ……）

玲児は感激と興奮に包まれながら思い、そっと指を当てて濡れた陰唇を左右に広げてみた。

中は綺麗なピンクの柔肉で、花弁状に襞の入り組む膣口が息づき、ポツンとした小さな尿道口も確認でき、包皮の下からは小指の先ほどもあるクリトリスが、真珠色の光沢を放ってツンと突き立っていた。

もちろん童貞とはいえ、今まで裏ネットで何度も女性器を見たこともあったが弥生の割れ目が最も美しく思えた。

もう堪らずに顔を埋め込み、茂みに鼻を擦りつけて嗅ぐと、生ぬるく蒸れた汗の匂いが甘ったるく籠もり、それにほんのりオシッコの匂いも混じって悩ましく鼻腔を刺激してきた。

「いい匂い」

「あう……！」

嗅ぎながら思わず言うと、弥生が羞恥に反応して呻き、キュッときつく内腿で彼の両頬を挟み付けてきた。

舌を挿し入れてクチュクチュと膣口の襞を掻き回すと、淡い酸味のヌメリが溢れて舌の動きが滑らかになった。

ゆっくり味わいながら柔肉をたどり、クリトリスまで舐め上げていくと、

「アアッ……！」

弥生がビクッと顔を仰け反らせて喘ぎ、内腿に強い力を込めた。

チロチロと舌先で弾くようにクリトリスを舐めると、白い下腹がヒクヒクと波打ち、愛液の量が格段に増してきた。

やはりクリトリスは最も感じる部分で、自分のような童貞が舐めても、大人の女性が感じて濡れるのだった。

執拗にクリトリスを舐めながら目を上げると、息づく柔肌の向こうに巨乳が弾み、その間から仰け反るメガネ美女の顔が見えた。

さらに彼は舐めながら指を濡れた膣口に、恐る恐る入れてみた。これから童貞を捧げる穴を、先に指で探ってみたかったのである。

すると指は滑らかに奥まで呑み込まれ、キュッと締め付けられた。

中は温かく濡れ、内壁はヒダヒダも感じられ、ペニスを入れたらどんなに気持ち良いだろうかと思えた。

小刻みに内壁を擦りながらクリトリスを吸い、舌先を上下左右に動かしてみると、溢れるヌメリでクチュクチュと音がした。

さらに膣内の天井を指の腹で圧迫すると、

「あう、ダメ、いっちゃう……、アアーッ……！」

すると弥生が声を上ずらせ、ピュッと潮を噴くように愛液がほとばしり、ガクガクと狂おしい痙攣を開始してしまった。

どうやら舌と指の刺激だけで、たちまち弥生はオルガスムスに達してしまったようだ。

あるいは彼が無意識に、テクニシャンの霊を宿していたのかも知れない。

そして弥生も実は感じやすく、いかに今まで欲求を溜め込み抑えつけていたかが分かった気がした。

玲児は大人の女性の絶頂の凄まじさに圧倒されながら、なおも舌と指の動きを続けていると、

「も、もう止めて……！」

弥生が声を絞り出して身を強ばらせ、懸命に彼の顔を股間から追い出しにかかったのだった。

やはり射精直後の亀頭と同じように、果てたあといつまでも刺激されるのが辛いようだ。

ようやく玲児は舌を引っ込め、濡れた指を引き抜いて股間から這い出ると、グッタリとなった弥生に添い寝していった。

「ああ……、すごかったわ……」

弥生が荒い息遣いを弾ませ、声を震わせて言った。

もう刺激していないのに、二十六歳の肌は思い出したように何度もビクッと震えていた。

玲児は彼女の呼吸がやや整いはじめると、手を握ってそっとペニスに導いた。

すると弥生も汗ばんだ手のひらに、やんわりと包み込み、硬度や感触を確かめるようにニギニギと動かしてくれた。

「これが、童貞のペニスなのね……」

彼女が囁く。

過去二人の彼氏はどちらも年上で、すでに無垢ではなかったようだ。

やがて弥生は身を起こし、玲児の股間に移動してきたので、彼も大股開きになった。

彼女は開かれた真ん中に腹這い、股間に顔を寄せてきた。

玲児は、憧れの美人教師の熱い視線と息を感じるだけでヒクヒクと幹を上下させ、急激に高まってきた。

「綺麗な色……」

弥生は包皮を剝いて、張り詰めて光沢ある亀頭を見つめて呟いた。

そして舌を這わせると、肉棒の裏側を舐め上げてきた。

「あう……」

玲児は初めての感触に呻き、懸命に肛門を引き締めて暴発を堪えた。

滑らかな舌が先端に達すると、彼女は幹に指を添え、粘液の滲む尿道口をチロチロと舐め回し、亀頭をくわえて、そのままスッポリと喉の奥まで呑み込んでいったのだった。

「ああ、気持ちいい……」

玲児は温かく濡れた口腔に包まれて喘ぎ、彼女の口の中でヒクヒクと震えた。

「ンン……」

弥生は熱く鼻を鳴らし、幹を締め付けて吸い、口の中ではクチュクチュと舌がからみつくように蠢いた。

熱い鼻息が恥毛をそよがせ、たちまちペニス全体は生温かな唾液にどっぷりと浸り、絶頂を迫らせて脈打った。

日頃綺麗な声で授業をする口に、快感の中心部が含まれているのだ。

さらに彼女は顔を小刻みに上下させ、濡れた口でスポスポと強烈な摩擦を繰り返してくれたのだった。

5

「い、いきそう、先生……」

玲児が腰をよじって言うと、ようやく弥生もスポンと口を引き離してくれた。

「入れたいわ。いい？」

「ええ、どうか上から跨いで入れて下さい……」

答えて言うと、弥生も身を起こして前進し、彼の股間に跨がってきた。

そっと幹に指を添え、唾液に濡れた先端に割れ目を押し当て、位置を定めると教え子の若く無垢なペニスを味わうように息を詰め、ゆっくり腰を沈み込ませていった。

たちまち張り詰めた亀頭が潜り込み、あとはヌルヌルッと根元まで滑らかに膣口に呑み込まれた。

「アアッ……、すごいわ……！」

弥生がビクッと顔を仰け反らせて熱く喘ぎ、完全に座り込んでピッタリと股間を密着させた。

玲児も、肉襞の摩擦と温もり、大量の潤いと締め付けに包まれながら懸命に暴発を堪え、少しでも長く初体験の快感を味わおうと思った。

弥生は目を閉じて上体を反らせたまま、快感を嚙み締めるように股間をグリグリと擦り付け、やがて身を重ねてきた。

下から両手で抱き留めると、

「膝を立てて……」

弥生が囁いたので、彼も両膝を立てた。その方が、尻が支えられて動きやすいのかも知れない。

彼の胸に巨乳が押し付けられて心地よく弾み、恥毛が擦れ合い、コリコリする恥骨の感触も伝わってきた。

そして弥生が顔を寄せ、上からピッタリと唇を重ねてきたのだ。

「う……」

玲児は、柔らかな感触と唾液の湿り気を感じて感激に呻いた。

欲望と探求ですっかり忘れていたが、記念すべきファーストキスは、互いの全てを舐め合ったあと最後に経験できたのである。

触れ合ったままの口が開かれ、弥生の舌が伸びてきた。

彼も歯を開いて受け入れ、生温かな唾液に濡れて滑らかに蠢く美人教師の舌を舐め回した。

玲児が弥生の口に舌を潜り込ませると、

「ンン……」

彼女は熱く鼻を鳴らし、チュッと吸い付いてくれた。

そして徐々に腰を動かしはじめるので、彼もしがみつきながらズンズンと合わせて股間を突き上げていった。

「ああっ……、いい気持ち……」

弥生が、感じて息苦しくなったように口を離して喘いだ。

口から吐き出される息は熱く湿り気を含み、花粉のように甘い刺激が彼の鼻腔を掻き回してきた。

授業をする綺麗な声は、こういう匂いがしていたのだ。

玲児は弥生の吐息を嗅いで酔いしれながら、次第に突き上げの勢いがついてしまった。最初は長く保たせたいと思っていたが、いったん動くとあまりの快感に腰が止まらなくなってしまったのだ。

たちまち互いの動きがリズミカルに一致すると、

「い、いく……、アアッ……!」

もう我慢できず、玲児は声を洩らしながら昇り詰めてしまった。

同時に、熱い大量のザーメンがドクンドクンと勢いよくほとばしり、柔肉の奥深い部分を直撃した。

「ヒッ! いっちゃう……、あぁーッ……!」

すると噴出を受け止めた途端、弥生もオルガスムスのスイッチが入ったように声を上ずらせ、ガクガクと狂おしい痙攣を開始した。

膣内の収縮が増し、大量の愛液が律動を滑らかにさせた。

さっき舌と指で果てたのに、やはりこうして一つになり、ともに分かち合う快感は別物のようだった。

玲児も摩擦快感の中、心置きなく最後の一滴まで出し尽くしていった。

すっかり満足しながら徐々に突き上げを弱めていくと、

「ああ……」

弥生も肌の強ばりを解いて声を洩らすと、力を抜いてグッタリと彼にもたれかかってきた。まだ膣内は名残惜しげな収縮が繰り返され、その刺激に射精直後のペニスがヒクヒクと過敏に震えた。

「あう……！　もう動かないで……」

彼女も相当敏感になっているように呻き、幹の震えを抑えつけるようにキュッときつく締め上げてきた。

玲児は美人教師の重みと温もりを受け止め、湿り気ある花粉臭の吐息を胸いっぱいに嗅ぎながら、うっとりと快感の余韻を噛み締めたのだった。

（とうとう弥生先生と初体験できたんだ。卒業式の日に……）

感激を込めて思うと、弥生も、

「とうとう生徒としちゃったわ……」

荒い呼吸とともに呟いた。

妄想の中では当然ながら、生徒とすることも浮かんだことがあるのだろう。しかし、それがまさか影の薄い小柄な玲児とは夢にも思わなかったに違いない。

やがて弥生がそろそろと股間を引き離し、ティッシュの処理は省略してベッドを降りた。

玲児も呼吸を整えながら起き上がり、一緒にバスルームへ移動した。

シャワーの湯で互いの全身を流し、股間を洗うと弥生もようやくほっとしたようだった。

しかし彼は、湯に濡れた肌を見ているうち、またすぐにもムクムクと回復してきてしまったのだ。

「ね、先生、ここに立って」

玲児は床に座って言い、目の前に弥生を立たせると、片方の足を浮かせてバスタブのふちに乗せた。そして開いた股間に顔を埋め、

「オシッコ出して……」

以前からの願望を口にしてしまった。

「そんなこと、出来るわけないでしょう……」

「少しでいいから」

弥生はビクリと尻込みして言ったが、なおも彼は腰を抱えてせがんだ。

濡れた茂みの匂いは薄れてしまったが、舐めると新たな愛液が溢れてきた。

「あう、ダメよ、吸ったら出ちゃう……」

弥生が彼の頭に手をかけ、フラつく身体を支えながら、尿意が高まってきたように言った。

なおも執拗に舌を這わせて吸い続けると、彼女の脚がガクガク震え、柔肉の奥が迫り出すように盛り上がるなり、味わいと温もりが変化してきた。

「く……、出る……」

弥生が言うと同時に、チョロチョロと熱い流れがほとばしり、彼の口に注がれてきた。それは味も匂いも実に淡く清らかで、薄めた桜湯のように心地よいものだった。

だから飲み込むにも抵抗がなく、玲児は勢いの増した流れを貪った。

「い、いけないわ。そんなこと……」

弥生が言って腰をくねらせると流れが揺らぎ、口から溢れた分が温かく胸から腹に伝い流れ、すっかりピンピンに回復したペニスを心地よく浸した。

しかしあまり溜まっていなかったか、間もなく流れが治まってしまった。

玲児は残り香の中でポタポタ滴る余りの雫をすすり、舌を這わせて柔肉を舐め回した。

すると新たな愛液が溢れて舌の動きを滑らかにさせ、残尿が洗い流されるように淡い酸味のヌメリが満ちていった。

「も、もうダメ……」

弥生が股間を引き離して言い、足を下ろすと力尽きたようにクタクタと座り込んでしまった。それを支えてもう一度互いの全身を洗い流し、身体を拭いてバスルームを出た。

再び全裸でベッドに戻ると、

「また勃っているのね。でも私はもう充分すぎるわ……」

弥生が、ペニスを見て言いながらも添い寝してくれた。

「じゃ指でして……」

玲児は甘えるように腕枕してもらって言うと、彼女も胸に抱きながら手を伸ばし、再びニギニギと微妙なタッチで愛撫してくれた。

「ああ、気持ちいい……」

彼はうっとりと喘ぎ、手のひらの中でヒクヒクと幹を震わせた。

今日はすでに、明菜の指で一度射精し、弥生の中にも出したから、少し余裕を持って快感を味わうことが出来た。

「もう一度キスしたい……」

高まりながらせがむと、弥生もペニスをしごきながら上からピッタリと唇を重ね、ネットリと舌をからめてくれた。

玲児は滑らかに蠢く舌の感触と生温かなヌメリを味わいながら、もう一つの願望を思い描いたのだった。

第二章　全身全霊

1

「ね、弥生先生、唾をいっぱい飲ませて……」

長いディープキスを終え、唇を離して玲児がせがむと、弥生もペニスをしごきながら口に唾液を溜め、形良い唇をすぼめて屈み込むと、白っぽく小泡の多い唾液をクチュッと吐き出してくれた。

それを舌に受けて味わい、うっとりと喉を潤した。

さらに彼は弥生の口に鼻を押し付け、熱く甘い刺激の吐息で鼻腔を満たして快感を高めていった。

「しゃぶって……」

囁くと弥生も舌を這わせ、彼の鼻の穴から鼻筋まで生温かな唾液でヌルヌルにしてくれた。

「ああ、いきそう……」

玲児は美女の唾液と吐息の匂いに包まれ、ヌメリにまみれながら喘いだ。

「ね、先生、お口に出したらダメ？」

恐る恐る言うと、弥生が口を離し、ペニスから手を離した。

「いいわ、本当ならもう一度入れたいでしょうけど、私の身体がもたないから、それ以外のことなら」

彼女は言って移動し、大股開きになった玲児の股間に腹這いになり、顔を寄せてきた。

すると弥生は何と、まず彼の両脚を浮かせ、自分がされたようにチロチロと尻の谷間を舐めはじめてくれたのだ。さらに、滑らかな舌がヌルッと潜り込んでくると、

「あう……」

玲児は妖しい快感に呻き、肛門でモグモグと弥生の舌先を締め付けた。

彼女が熱い鼻息で陰嚢をくすぐりながら内部で舌を蠢かすと、まるで内側から刺激されるように勃起したペニスがヒクヒクと上下に震えた。

申し訳ないような快感を味わっていると、やがて弥生が彼の脚を下ろし、そのまま陰嚢に舌を這わせてきた。

二つの睾丸が舌で転がされ、袋全体が生温かな唾液にまみれた。

ここも実に心地よい場所であった。

あるいは弥生も、過去二人の彼氏により、こうして相手の好む愛撫を習得していたのだろう。女の愛撫は、常に過去の男の影があると、何かで読んだことがあったのだ。

さらに弥生は身を進めると、いよいよ肉棒の裏側を舐め上げ、ゆっくり先端まで舌を這わせてきた。そして尿道口を舐め回して亀頭をしゃぶり、スッポリと喉の奥まで呑み込んでいった。

「ああ、気持ちいい……」

玲児は快感に喘ぎ、彼女の口の中で幹を震わせた。

股間を見ると、毎日ホームルームと授業で見てきたメガネ美女の教師が、お行儀悪くペニスにしゃぶり付いていた。

熱い息が股間に籠もり、彼女は幹を丸く締め付けて吸い、口の中では満遍なく舌が蠢いてペニスを唾液に浸した。

彼が思わずズンズンと股間を突き上げると、

「ンン……」

喉の奥を突かれた弥生が小さく呻き、新たな唾液をたっぷり溢れさせてクチュクチュと舌をからめた。

もう我慢できず、玲児は唇の摩擦の中で昇り詰めてしまった。

「い、いく……!」

声を洩らし、ありったけの熱いザーメンをドクンドクンと勢いよく喉の奥にほとばしらせると、

「ク……」

噴出を受けた弥生が微かに眉をひそめて呻き、それでも吸引と摩擦、舌の蠢きを続行してくれた。

玲児は快感に身悶えながら、心置きなく最後の一滴まで出し尽くし、満足しながらグッタリと身を投げ出していった。ようやく彼女も動きを止め、亀頭を含みながら口の中のザーメンをゴクリと飲み込んでくれた。

「あう……」

喉が鳴ると同時に口腔がキュッと締まり、彼は駄目押しの快感に呻いてピクンと幹を跳ね上げた。

(の、飲んでもらえた……)

玲児は大きな感激に包まれた。

口内発射など彼にとっては、いくら恋人が出来ても自分から求められず、体験できるのは何年も先だろうと思っていたのである。

そして彼は、自分の精子が生きたまま弥生の胃に吸収され、栄養にされることに限りない悦びを覚えた。

ようやく弥生もスポンと口を離し、なおも余りをしごくように幹をいじりながら、尿道口に脹らむ白濁の雫まで、ペロペロと舌を這わせて綺麗にしてくれたのだった。

「あうう、も、もういいです、有難うございました……」

彼はクネクネと腰をよじり、過敏に幹を震わせながら降参するように言った。

弥生も舌を引っ込め、チロリと舌なめずりしながら再び添い寝して、彼の呼吸が整うまで抱いてくれた。

「気持ち良かった？　何だか不思議な気持ちだわ。生徒にこんな淫らな感情を抱いてしまうなんて……」

弥生が、腕枕して彼の頭を撫でてくれながら囁いた。

当然ながら彼女は、玲児の持つ霊の力に操られたなどとは夢にも思っていないだろう。

彼は温もりに包まれ、美人教師の湿り気ある吐息を嗅ぎながら、うっとりと快感の余韻を味わった。弥生の息にザーメンの生臭さは残っておらず、さっきと同じ上品な花粉臭がしていた。

やがてすっかり呼吸を整えると、彼女が身を離し、玲児も起き上がって互いに身繕いをした。

「また会ってくれますよね？　誰にも秘密で」

「ええ……、でも在校生が春休みになったら、私も北海道へ帰るから」

彼女が答えるので、玲児もラインを交換しておいた。弥生は、札幌出身なのである。

「送れないわ。自分で帰って」

「大丈夫です。バスで帰るので」

「顔を洗いなさい。鼻が私の唾でヌルヌルよ」

「いえ、弥生先生の匂いを感じながら帰りますから」

「バカね……」

弥生も服を着てやっと落ち着いたように言い、玲児は卒業証書とアルバムを持って靴を履いた。

「じゃまた。有難うございました」

「誰かに見られないようにして」

「はい、では」

玲児は答えてロックを外し、ドアを細めに開けて通る人がいないか確認してから、弥生のハイツをあとにしたのだった。

そしてバスに乗り、帰途について揺られながらも、彼は初体験の感激と興奮に包まれていた。

もし弥生と何もなかったら、今夜は明菜の手コキを思い出してオナニーしたことだろう。それが、弥生の上と下に一回ずつ射精出来たのだから、もう今日はオナニーしなくても充分すぎるほど満足で、一生忘れられない卒業式の日となったのだった。

やがて帰宅した玲児は、隣接した設計事務所で仕事している両親に挨拶し、母屋に入って二階の自室に行った。

ポケットのものを全て机の上に出し、といっても財布とスマホ、ハンカチとティッシュぐらいのものだが、学生服とズボンを脱いだ。もうこれを着ることもないのだろう。

ズボンと学生服をロッカーにしまい、私服に着替えて小物をポケットに入れると、彼は階下へ降り、キッチンにあったカレーライスで遅めの昼食を済ませたのだった。

ふと彼は思った。

(それはそうと、中出しして大丈夫だったんだろうか……)

あまりに夢中で、弥生に避妊の確認を取る暇もなかったのだ。

しかし、すぐ頭の中になだれ込む霊たちの言葉で彼は安心した。

霊たちは、憑依できる玲児を大切にしてくれているので、面倒など起きないよう操作してくれているようだ。

しかも霊が相手の肉体に乗り移り、その個人情報まで伝えてくれるのだから、もう全知全能に近い力を持ったことになろう。

やがて水を飲んで二階の自室に戻ると、玲児はベッドに仰向けになった。

弥生との体験を思い出そうと思ったが、それはまた現実に出来ることだ。

それより彼は、過去の歴史上の人物を憑依させて目を閉じ、江戸や幕末の風景を楽しんだ。

(沖田総司はこんな顔だったのか。龍馬はこういう声で話したのか……)

玲児はあれこれ映像体験をし、さらに平安や飛鳥時代までの風景を見た。

2

(いや、自分だけで楽しんでいるのも良くないな……)

ふと思った玲児は起き上がり、机に向かった。部屋は六畳の洋間で、ベッドに机、あとはいくつかの本棚が並んでいるだけだ。

机には、正月にお年玉で買ったパソコンがある。

まだ操作はうろ覚えだったが、起動してみると何から何まで機能が理解でき、キイも素早く打つことが出来た。

何しろ霊の中にはパソコンのプロや、キイ打ちの達人もいるのだ。

しかも一回憑依させれば、その知識と技は全て玲児のものになった。

さらには、まだまだ書きたいことがあるのに死んだ作家も多いので、それを憑依させて早打ちをし、原稿にして送れば、何も大学など行かなくても作家デビューできるだろう。

それに霊同士は交信しているので、時代作家の霊が過去の偉人の知識や風景を得て描写すれば、さらに優れた作品が出来上がるに違いない。

ただ、あまりに若い十八歳が、出来すぎの作品を書いてしまうのも変に思われるだろう。

そこは才能ある十八歳ばかりの霊を憑依させ、斬新な作品を書けば良いし、歳とともに円熟した作品を発表していけば食いっぱぐれもない。

あるいは流行に合わせたり、担当編集がこういう作品を、といえば何でも応じられるだろう。

単に自分がキイ打ち人形になる感はあるが、何しろ玲児自身が楽しんで読める作品を書けば良いのだ。

憑依させる霊たちが争うこともないし、言葉で伝えるのではなく一瞬で感覚が送られるので彼が疲れることもない。

とにかく玲児はパソコンに向かい、思いつくまま一つの小説を書きはじめた。

そして両親が母屋へ戻る夕方までに、何と早打ちで百枚の作品を仕上げてしまったのである。

合間に、明菜からラインが届いた。

「何か良いことはあった？　私とも会って。話したいことが山ほどあるの」

やはり霊感の強い彼女は、仲間が欲しいのだろう。

もちろん玲児も近々会う約束をした。切っ掛けを与えてくれた明菜には、深く感謝している。

しかし、会うのはさらにもう一つの願望を叶えてからだ。

それは、もちろん美少女の由香である。モタモタしていると、女子大に合格した喜びと、卒業した解放感でさっさと初体験してしまうかも知れない。

幸い由香は同じ文芸部員だったから、ラインの交換はしていた。もっとも今まで大したやりとりはしていなかったが。

玲児は由香に、明日会えないかとラインを送っておいた。もちろん面と向かっていないからオーラは伝わらないが、霊を飛ばして由香に承諾するよう操作してもらった。

すると間もなく、明日は両親が旅行に出るので、午後なら会えるけど留守番だから家に来てくれとの返信が来たのだった。

玲児は明日を楽しみにし、今日はもう三回も射精したのだからオナニーは止めることにした。

もっとも霊の力があれば、無限大に射精出来るだろうが、そこは欲望を溜め込みたいという気分の問題である。

玲児は階下で両親と夕食をし、卒業式の報告をした。

そして風呂に入ってから二階に引き上げてきた。

彼は出来上がった小説を、載せるのに相応しい大手の出版社が出している雑誌に当てて送信しておいた。もちろんこれも、最初に読む編集者に霊を飛ばし、注目するよう操作したのである。

玲児はパジャマに着替えてベッドに横になり、目を閉じると、また様々な時代の霊の視覚の記憶をたどり、風景や人物を眺めていたが、やがてそのまま眠ってしまった……。

——翌朝、玲児が朝食を済ませると両親は隣の事務所へ行った。

二階に戻りメールチェックをすると、はやくも編集者からの返信があった。

昨夜は残業しながら、穴の開いた百枚をどう埋めるか算段しているところへ送信があり、一読して魅せられたとあった。

来月号に載せるから、一度会いたいとの旨だったので、玲児は近々会うを約す返信をしておいた。

この地方都市から東京までは、新幹線で約二時間である。

そして彼は昼までに別の作品を書いた。由香とのことが楽しみで集中力が削がれることはない。そこは何しろ多くの達人の霊がついているのだ。

やがて一人で昼食を終えると歯を磨き、彼は家を出て両親に言い、由香の家へと行った。

行くと、駐車場に車がないので、もう彼女の両親は出かけたのだろう。

由香も玲児と同じ一人っ子で、彼女の父親は商社マン。恐らく休みが取れたので妻と小旅行に出かけたようだ。

チャイムを鳴らすと、すぐに由香が出て来て迎え入れてくれた。

最初は、なぜ約束してしまったのか戸惑い気味だったが、玲児の顔を見た途端に表情を明るくしたものだった。

「私の部屋に来て」

ショートカットで笑窪の愛くるしい由香が、可憐な私服で言い、玄関をロックすると先に二階へ上がっていった。

彼女も早生まれで、この三月上旬に十八になったばかり、玲児の誕生日より二ヶ月ほど後だった。

彼は先に階段を上がる彼女の健康的な脚を見た。ミニスカートとハイソックスの間にある絶対領域のナマ脚は、実にムチムチと躍動感があり、ヒカガミの窪みも艶めかしかった。

裾の巻き起こす風を嗅ぎながら二階に上がると、彼女の部屋は八畳ほどもある広い洋間で、やはりベッドに学習机、本棚にテレビまであって、思春期の生ぬるい体臭が籠もっていた。

「留守番って言ってたけど」

「ええ、父の資料が宅配便で届くことになっていたけど、ついさっき来たから、もう誰も来ないわ」

訊くと由香がベッドの端に座って言い、彼に学習机の椅子をすすめた。

もちろん玲児は、由香の好むようなオーラを醸し出し続けていた。

「とうとう卒業しちゃったわね。もう高校生じゃないんだわ」

由香が言い、誰もいない家に二人きりでいる疑問などは吹き飛んでしまったようだった。

「うん、でも近々、弥生先生も含めて文芸部で集まろう」

「そうね。それには少しプランがあるの。まだ内緒だけれど」

「そう、そのうち聞かせて。それより高校時代は、誰とも付き合いしなかったの？」

玲児は訊いたが、すでに霊からの情報で、彼女がキスも知らない処女と言うことは分かっていた。

「ええ、誰とも付き合わなかったわ。特に好きな人もいなかったし、何もしないまま卒業するのも恥ずかしかったけど」

「無理にすることはないよ」

「そうね、それに今は何だか、鳥塚君が好きになっちゃったみたい……」

由香は、ほんのり頬を染め、つぶらな眼差しを向けながら言った。なぜかは自分でもよく分かっていないようだが、それが本心なのだろう。

「うん、僕も好きだよ」

玲児は痛いほど股間を突っ張らせながら答え、彼女の隣へと移動した。

横から彼が身体をくっつけても、由香は避けることなく、モジモジと俯いてしまった。

顔を向け、彼女の頬に手を当てて上向かせると、矜持はピッタリと唇を重ねていった。

「ンン……」

由香が驚いたように小さく呻き、赤ん坊のように甘ったるい匂いを漂わせた。

美少女の無垢な唇はグミ感覚の弾力を秘め、生温かな唾液の湿り気も伝わってきた。

彼は胸を高鳴らせながら、由香のファーストキスを奪った感激に酔いしれた。

レースのカーテン越しに射す午後の陽を受け、水蜜桃のような頬の産毛が輝いていた。

明菜や、式に備えて薄化粧した弥生と違い、完全にスッピンの少女だ。

玲児は感触を味わいながら舌を挿し入れ、滑らかな歯並びを左右にたどった。

すると彼女も怖ず怖ずと歯を開いて侵入を許し、彼も奥に潜り込ませて滑らかな舌を探った。

無垢な舌は清らかな唾液に生ぬるく濡れ、からみつかせると彼女もチロチロと遊んでくれるように蠢かせた。

そして玲児は執拗に舌を舐め回しながら、そろそろとブラウスの胸にタッチし心地よい弾力を味わったのだった。

3

「アア……」

由香が、息苦しくなったように口を離し、上気した顔で喘いだ。

美少女の口からは、熱く湿り気ある息が洩れ、それはリンゴかイチゴでも食べた直後のように可愛らしく甘酸っぱい匂いがして、玲児の鼻腔を悩ましく刺激してきた。

明菜も果実臭だったが、彼女は薄化粧の香りや淡いミントも混じっていたので由香の純粋な処女臭とは違う気がした。

「ね、脱ごうか」

玲児が囁き、由香のブラウスのボタンを外しはじめた。

すると、すぐ彼女も自分から脱ぎはじめてくれたのだ。あるいは無垢で高校を卒業することを恥ずかしく思っていただけに、こうした自分の初体験を思い描いていたのだろう。

玲児も手早く全裸になり、ピンピンに勃起したペニスを露わにした。

由香はこちらを見ず、ブラウスとスカートを脱ぎ、ブラとソックスも脱ぎ去ったが、最後の一枚だけはモジモジしてなかなか脱げないでいた。

構わずベッドに並んで座り、彼は意外に豊かな膨らみに触れ、屈み込んでピンクの乳首にチュッと吸い付いて舌で転がした。

「アア……」

由香は熱く喘ぎ、彼の胸をきつく抱きすくめてきた。

それでも、まだ仰向けになることをためらっているようだ。

玲児は左右の乳首を含んで舐め回し、顔中で張りのある膨らみを味わった。

さらに腕を差し上げ、生ぬるく湿ってスベスベの腋の下にも鼻を埋め込んで嗅ぐと、甘ったるく蒸れた汗の匂いが感じられた。

彼は充分に胸を満たしてから、やがて顔を上げた。

「じゃ、これも脱いで横になって」

「恥ずかしいわ……」

囁くと、由香が俯いて小さく答えた。

「あ、じゃこれを着よう」

玲児は言って立ち、壁に掛かったセーラー服を持って戻った。

昨日の式のまま、まだ制服が下げられていたのだ。白い長袖のセーラー服は、濃紺の襟と袖に三本の白線が入っている。

その上着を羽織らせると、彼女も急いで着て胸を隠し、立ち上がって濃紺のスカートも穿いた。

もう二度と、着ることのなかった制服姿だ。

たちまち、由香の姿は昨日までの高校生に戻り、玲児も在学中の思いを熱く甦らせた。

押し倒すと、今度は由香も素直にベッドに仰向けになった。

横たわるセーラー服姿の美少女を興奮しながら見下ろし、玲児はまず彼女の足に屈み込んでいった。

可愛い足裏に顔を押し付け、舌を這わせながら縮こまった指に鼻を割り込ませて嗅ぐと、ほんのり蒸れた匂いが沁み付いていた。

（ああ、美少女の足の匂い……）

玲児は感激と興奮に勃起しながら匂いを貪り、爪先にしゃぶり付いて、汗と脂に湿った指の股を順々に舐め回した。

「あう、ダメ……！」

由香が驚いたように呻き、ヒクヒクと脚を震わせた。

構わず足首を押さえ付け、彼は両足とも味と匂いが消え去るほど貪り尽くしてしまった。

そして脚の内側を舐め上げ、薄暗い裾の中に潜り込んで、白くムッチリした神聖な内腿に舌を這わせ、下着の上から股間に鼻を埋め込んだ。

繊維を通し、ほのかな匂いが感じられたが、やはり直に嗅ぎたい。

身を起こして完全に裾をめくり、下着に指をかけて下ろしていくと、もう由香も拒まず朦朧と身を投げ出していた。

両足首から下着をスッポリ抜き取ると、彼は再び腹這い、彼女の股を開かせて股間に顔を迫らせた。

ぷっくりした丘には楚々とした若草が恥ずかしげに煙り、まるでゴムまりを二つ横に並べて押しつぶしたような割れ目があった。

僅かにはみ出したピンクの花びらを指で左右に広げると、中はやはり綺麗なピンクの柔肉で、清らかな蜜にヌメヌメと潤っていた。

処女の膣口が襞を震わせて息づき、小さな尿道口もはっきり見えた。

包皮の下からは、小粒のクリトリスが顔を覗かせ、股間全体には生ぬるい熱気と湿り気が籠もっていた。

玲児は神聖な眺めにしばし見惚れていたが、

「アア、見ないで……」

熱い視線と息を感じた由香が、腰をくねらせてか細く言った。

彼も指を離し、顔を埋め込んでいった。

柔らかな恥毛に鼻を擦りつけて嗅ぐと、生ぬるく蒸れた汗とオシッコの匂いに処女特有の恥垢か、淡いチーズ臭も混じって悩ましく鼻腔を刺激してきた。

玲児は可愛らしい処女の匂いに陶然となり、胸を満たしながら割れ目に舌を這わせていった。

陰唇の内側を探って無垢な膣口を搔き回すと、やはり淡い酸味のヌメリが感じられ舌の動きを滑らかにさせた。

彼は膣口から、ゆっくり味わいながらクリトリスまで舐め上げていった。

「ああッ……！」

由香がビクッと顔を仰け反らせて喘ぎ、内腿でムッチリときつく彼の両頬を挟み付けてきた。玲児がチロチロとクリトリスを舐めるたび、彼女の白い下腹がヒクヒクと波打ち、愛液の量が増してきた。

さらに彼は由香の両脚を浮かせ、オシメでも替えるような格好にさせて白く丸い尻に迫った。

谷間の奥には、薄桃色の可憐な蕾がひっそり閉じられ、鼻を埋め込むと顔中にひんやりした双丘が心地よく密着してきた。

蒸れた匂いが籠もり、彼は充分に鼻腔を満たしてから舌を這わせ、細かに震える襞を濡らし、ヌルッと潜り込ませて滑らかな粘膜を味わった。

「あう、ダメ……」

由香が呻き、キュッときつく肛門で舌先を締め付けてきた。

玲児は舌を蠢かせ、執拗に探ってから脚を下ろし、再び愛液を掬い取ってクリトリスに吸い付いていった。

そして指を、処女の膣口に挿し入れてみた。さすがにきつい締め付けだが、ヌメリが多くて奥まで潜り込ませることが出来た。

中は熱く濡れ、彼は小刻みに指の腹で内壁を擦りながら、クリトリスをチロチロと舐め回し続けた。

「あ……、い、いい気持ち……！」

由香が羞恥を越えて正直な感想を洩らし、すでに小さなオルガスムスの波を感じているかのように腰を跳ね上げはじめた。

しかし玲児は、大きな波が来る前に舌を引っ込め、彼女の股間を這い出して添い寝していった。

彼女の手を握ってペニスに導くと、由香も荒い呼吸を繰り返しながら触れてくれ、好奇心にニギニギと探ってきた。

「近くで見て……」

玲児が仰向けになって言い、由香の顔を下方へ押しやった。

すると彼女も素直に移動し、大股開きになった真ん中に腹這い、熱い視線を注いできた。

「こうなってるの……」

由香が物怖じせず指を這わせて言い、玲児は無垢な視線にヒクヒクと幹を上下させた。

彼女は幹を撫で、張り詰めた亀頭にも触れ、さらに陰嚢をいじって二つの睾丸を確認すると、袋をつまみ上げて肛門の方まで覗き込んできた。

「お願い、しゃぶって……」

玲児が興奮に胸を高鳴らせて言うと、由香もすぐに舌を伸ばし、肉棒の裏側をゆっくり舐め上げてきた。

滑らかな感触に幹を震わせながら股間を見ると、見慣れたセーラー服の美少女が、まるでソフトクリームでも舐めるようにペニスに舌を這わせていた。

先端まで来ると、粘液が滲んでいる尿道口も厭わず由香はチロチロと舐め回してくれ、張り詰めた亀頭にもしゃぶり付いた。

「深く入れて……」

言うと、由香も小さな口を精一杯丸く開いてスッポリと呑み込んでいった。

「ああ、気持ちいい……」

玲児はゾクゾクする快感に喘いだ。

生温かな唾液に濡れた唇が、ゆっくり根元近くまでスライドし、ペニス全体が美少女の清らかな口腔に包まれた。

「ンン……」

先端で喉の奥を突かれて由香が呻き、たっぷりと唾液を出してペニスを温かく浸した。

そして彼女は幹を締め付けて吸い、熱い鼻息で恥毛をくすぐりながら、口の中ではクチュクチュと舌を蠢かせてくれた。

玲児が快感に任せて小刻みにズンズンと股間を突き上げると、彼女も無意識に顔を上下させ、スポスポとリズミカルに摩擦しはじめた。

たまに当たる歯の感触も、実に新鮮な快感であった。

4

「い、いきそう……」

すっかり高まった玲児が言って腰をよじると、由香もチュパッと軽やかな音を立てて口を離してくれた。

「入れてもいい？」

訊くと、彼女も小さくこっくりして横になってきた。

彼も、入れ替わりに身を起こしていった。

玲児は、本当は女上位の方が良いのだが、やはり処女は受け身の方が良いだろう。それに正常位も練習しておかなければならない。

由香が仰向けになると、玲児は再び彼女の両脚を浮かせて、股間を進めていった。そして股を開かせると、すでに充分すぎるほど濡れている割れ目に先端を押し当てた。

位置を定め、処女を頂く感激を嚙み締めながらグイッと押し込んでいくと、張り詰めた亀頭が潜り込み、処女膜が丸く押し広がる感触が伝わってきた。最も太いカリ首までが入ると、あとはヌメリに助けられ、ヌルヌルッと滑らかに根元まで吸い込まれていった。

「あう……！」

由香が眉をひそめて呻き、キュッときつく締め付けてきた。

玲児は股間を密着させて脚を伸ばし、身を重ねていった。

セーラー服の裾をめくって可愛らしいオッパイを出し、屈み込んで左右の乳首を舐め回した。

しかし由香の全神経は股間に感じる破瓜の痛みのほうに行っているようで、乳首への反応はなかった。

やがて玲児も、処女の温もりと感触を味わいながら、徐々に腰を突き動かしはじめた。締め付けはきついが、潤いが豊富なので、すぐにも律動は滑らかになっていった。

「アア……」

「痛い？」

「大丈夫……」

囁くと由香が健気に答えた。元より玲児も、あまりの快感に動きが止まらなくなっていた。中は燃えるように熱くて締め付けもきつく、肉襞の摩擦が何とも心地よかった。

動きながら高まり、彼は上からピッタリと唇を重ね、舌を挿し入れていった。由香も痛みに歯を食いしばっていたが何とか歯を開いて受け入れ、チロチロと舌をからめてくれた。

快感とともに勢いがつくと、

「ああ……」

由香が口を離し、顔を仰け反らせて声を洩らした。

「もう少しだから我慢して」

霊のおかげで女体に一気に慣れたせいか、処女相手に長引かせても仕方がないと思い、玲児も我慢せず一気に絶頂を目指すことにした。

そして彼女の喘ぐ口に鼻を押し込み、ぷっくりした唇の感触と唾液のヌメリを味わい、濃厚に甘酸っぱい吐息を胸いっぱいに嗅ぎながら、とうとう昇り詰めてしまった。

「い、いく……！」

玲児は突き上がる絶頂の快感に口走り、熱い大量のザーメンをドクンドクンと勢いよく中にほとばしらせた。

「あ、熱いわ……」

由香が小さく言った。痛みの中でも奥に広がる温もりが感じられたのだろう。

そして膣内に満ちるザーメンで、さらに動きがヌラヌラと滑らかになった。

彼は心ゆくまで快感を味わい、最後の一滴まで出し尽くした。

するとその頃には、由香も痛みが麻痺したようにいつしか硬直を解き、グッタリと身を投げ出していた。

玲児も荒い呼吸を弾ませながら徐々に動きを弱めてゆき、やがて力を抜いて彼女にもたれかかっていった。

まだ違和感に息づくような収縮に刺激され、ペニスが内部でヒクヒクと過敏に震えた。

玲児は満足しながら、美少女の喘ぐ口に鼻を押し付け、果実臭の吐息を胸いっぱいに嗅ぎながら、うっとりと快感の余韻を味わった。

呼吸を整えると彼は枕元のティッシュを取り、そろそろと身を起こして股間を引き離した。

手早くペニスを拭いながら割れ目に屈み込むと、小振りの花びらが痛々しくめくれ、処女を失ったばかりの膣口から逆流するザーメンに、少量の鮮血が混じっていた。

その色に、あらためて彼は処女を奪ったという実感を得た。

スカートの内側を汚さぬよう、そっとティッシュを当てて拭うと、

「シャワー浴びたいわ……」

由香が言って身を起こしてきた。

それを支えて立たせると、彼女はセーラー服とスカートを脱ぎ、二人全裸のまま部屋を出た。階段を下りてリビングを通過し、バスルームに入ったが、初めて入った他人の家を全裸で移動するのも妙なものだった。

シャワーの湯を出してもらい、互いの股間を洗い流した。

「大丈夫だった？」

「ええ、まだ何か入っているみたいな感じだけど……」

訊くと由香が答え、後悔している様子もないので安心した。むしろ卒業式の翌日に大人になれたことに、満足しているようでもあった。

もちろん玲児は、一回の射精で気が済むものではない。この美少女を思い、三年間で一千回以上は抜いてきたのである。

「ね、オシッコするところ見せて」

玲児は床に座り、目の前に彼女を立たせて言った。

「そ、そんなのダメよ……」

「どうしても見たいんだ。天使みたいに可愛い由香ちゃんの出すところを」

彼は言い、由香の片方の足を浮かせてバスタブのふちに乗せ、開いた股間に顔を埋めた。

もう恥毛に籠もっていた匂いも消えてしまったが、舐めると新たな愛液がすぐにも溢れ出し、舌の動きがヌラヌラと滑らかになった。

「あん……」

由香は声を洩らし、彼の頭に手を突いてフラつく身体を支えた。

クリトリスに舌が触れるたび、彼女の脚がビクリと震え、愛液の量が増した。

相当に濡れやすく、恐らく今までもクリトリスオナニーは何度も経験しているのだろう。

「アア、何だか出そう……」

尿意が高まってきたか、舐めているうち奥の柔肉が蠢いて、味わいと温もりが変わってきた。それにまだ初体験の余韻に朦朧として、羞恥心も麻痺しているのだろう。

「あう、ダメ、出る……」

由香が言うなり、チョロッと熱い流れがほとばしった。慌てて止めようとしたようだが、いったん放たれた流れはさらにチョロチョロと勢いを増して彼の口に注がれた。

「ああ……」

由香はガクガクと膝を震わせて喘ぎ、玲児は熱い流れを味わい、夢中で喉に流し込んでいった。味も匂いも実に淡く控えめで、彼は全て飲み干したい衝動に駆られた。

しかし勢いが増すと口から溢れた分が肌を温かく伝い流れ、すっかりピンピンに回復しているペニスを心地よく浸してきた。

あとは彼女も息を詰め、最後まで出しきってしまった。

流れが治まると、彼はポタポタと滴る余りの雫をすすり、残り香の中で割れ目内部を舐め回した。

「も、もうダメ……」

由香が言って脚を下ろし、座り込んだので支えてやり、玲児はもう一度互いの全身をシャワーの湯で洗い流した。

そして身体を拭くとバスルームを出て、二人は再び全裸のまま二階のベッドに戻っていった。

並んで横になると、玲児は美少女に腕枕してもらい、腋に顔を埋めながら息づく乳房に手を這わせた。

「ああ、可愛い……」

「可愛いなんて言わないで。もう高校を出たんだし、こうして大人になったんだから……」

思わず言うと、由香が答えた。

玲児も、これで念願の弥生と由香の両方とすることが出来て感無量だった。

もちろん続けての挿入は酷だろうから、昨日弥生にしてもらったのと同じことをしてもらおうと思うと、勃起したペニスが期待に震えた。

5

「ね、上からキスして……」

玲児は言って仰向けになり、上から由香に唇を迫らせてもらった。

「飲みたいから、唾をいっぱい出して」

言いながら顔を引き寄せ、ピッタリと唇を重ね、舌を差し入れた。さらに由香の手を取りペニスに導くと、彼女もニギニギと無邪気に愛撫してくれながら、ネットリと舌をからめはじめた。

そしてためらいがちに、由香は生温かく小泡の多い唾液を、トロトロと口移しに注ぎ込んでくれたのだ。

玲児はうっとりと味わい、飲み込むたびに甘美な悦びで胸を満たし、彼女の手のひらの中でヒクヒクとペニスを歓喜に震わせた。

すると、本当に悦んでいるのが伝わったか、由香もことさら多めに分泌し、唾液を注ぎ続けてくれた。

さらに玲児は彼女の唇に鼻を擦りつけ、口の中の濃厚な果実臭で胸をいっぱいに満たした。

「いい匂い……」

嗅ぎながら思わず言うと、由香は羞恥でさらに熱い息を弾ませながら幹をしごき続けてくれた。

「ね、お口でして……」

やがて玲児は高まり、美少女の唾液と吐息を心ゆくまで味わうと、言って由香の顔を股間へと押しやった。

彼女も指を離して移動し、大股開きになった玲児の股間に腹這いになった。

玲児は自ら両脚を浮かせて抱え、彼女の顔の前に尻を突き出した。

「ここも舐めて」

言うと由香も厭わず、チロチロと彼の肛門を舐め回し、自分がされたようにヌルッと潜り込ませてくれた。

「あう、気持ちいい……」

玲児は、熱い鼻息で陰嚢をくすぐられて呻き、モグモグと美少女の舌を肛門で締め付けて味わった。

由香が中で舌を蠢かせると、勃起したペニスがヒクヒクと上下した。

あまり舐めてもらうのは申し訳なくて、やがて脚を下ろすと、彼女も自然に舌を引き離して陰嚢をしゃぶってくれた。

睾丸を転がし、充分に袋を生温かな唾液にまみれさせた。

そして彼がせがむように幹を震わせると、察したように由香も前進し、肉棒の裏側をゆっくり舐め上げてきた。

先端まで来ると粘液の滲む尿道口を舐め回し、やがて自分の処女を奪ったばかりの亀頭をくわえ、スッポリ呑み込んでいった。

「アア……」

美少女の生温かく濡れた口腔に根元まで含まれ、玲児は快感に喘いだ。

由香も幹を締め付けて無邪気に吸い、股間に熱い息を籠もらせながら舌をからめてくれた。

口の中で、舌先が滑らかにチロチロと左右に蠢き、尿道口のすぐ下の敏感な部分を刺激されると、彼は急激に高まってきた。

快感に任せてズンズンと股間を突き上げると、

「ンン……」

由香も小さく呻き、たっぷり唾液を分泌させながら顔を上下させ、スポスポとリズミカルに摩擦しはじめた。

「い、いく、お願い、飲んで……」

とうとう玲児は大きな絶頂の快感に全身を貫かれ、口走りながらありったけの熱いザーメンをドクンドクンと勢いよくほとばしらせてしまった。

「ク……」

喉の奥を直撃された由香が声を洩らし、それでも摩擦と吸引を続けてくれた。

美少女の神聖な口に思い切り射精するのは、何とも言えない快感であった。

そして心置きなく最後の一滴まで出し尽くすと、彼は満足しながらグッタリと力を抜いて四肢を投げ出した。

ようやく彼女も動きを止め、亀頭を含んだまま口に溜まったザーメンをコクンと飲み込んでくれた。

「あう……」

キュッと締まる口腔の刺激と、飲んでもらえた感激に彼は声を洩らした。

やがて由香はチュパッと口を引き離し、尿道口から滲む余りの雫まで丁寧に舐め取ってくれた。

「アア……、も、もういいよ、どうも有難う……」

玲児はクネクネと腰をよじって言い、過敏に幹を震わせた。

由香も舌を引っ込めて添い寝してきたので、また彼は腕枕してもらい、温もりに包まれながら荒い呼吸を整えた。

「飲むの、嫌じゃなかった？」

「うん……」

訊くと、由香も小さく頷いた。

そして彼は、美少女の甘酸っぱい吐息を嗅ぎながら、うっとりと快感の余韻を味わったのだった……。

——由香の家を出た玲児は、真っ直ぐ帰宅して再び執筆にかかった。

そして明日にも編集部を訪ねる約束メールをし、気に掛かっていた明菜にもラインを送ると、それなら買い物をしたいので一緒に東京へ行くという返事が来たのだった。

（明日は明菜と出来るだろう……）

玲児は期待に胸を弾ませ、都内のラブホテルへ行こうと検索しておいた。

夜はもちろんオナニーを控え、眠くなるまで新作の執筆にかかった。

やはり書くことは山ほどあるし、キイも日本最速で打てるから、やがて彼はもう一本の中編を仕上げ、送信してから寝たのだった。

翌朝、玲児は朝食を終えてから仕度をして家を出た。

最寄り駅で明菜と合流すると、相変わらず彼女はギャルふうの衣装と薄化粧でやって来た。

「嬉しいな、鳥塚と東京へ行けるなんて」

「ああ、でも編集者との話が長引くかも知れないので、待ち合わせ時間はマメにラインするから」

楽しげに言う明菜に答え、やがて二人は新幹線に乗り、東京へと向かった。

もちろん交通費は玲児が出してやった。強運の霊を呼び出せば、宝くじのスクラッチで何十万とすぐ手に入れられるのである。

「明菜の霊感は、どういうものなの」

玲児は車内で訊いてみた。

「小さい頃から占いが好きで、何となく人のオーラが分かるようになったの。漠然とだけど、同じ人でも危険なときと幸運なときがあるし、鳥塚はあれからずっと強大なオーラだよ」

「そう、明菜のおかげだよ」

玲児は感謝を込めて言った。

何しろ最初に触れてくれた女性だし、それによって快感とともに、絶大な力に目覚めたのである。恐らく明菜も、無意識にそれを察して玲児に接してきたのだろう。

車窓に目を遣る明菜の横顔を見ながら玲児は、これからこのちょいワル少女が抱けるのだと思うと、早くも勃起してきてしまった。

いくら弥生や由香を相手に念願を叶えても、やはりまだ懇ろになっていない女性と出来るのはときめくものである。

明菜は、まだ一人の男しか知らないらしい。

初体験は中三の時で、相手は家庭教師の大学生だったようだ。

何年か付き合い、結局彼が就職して上京してしまうと疎遠になり、以後彼氏はいないということだった。

もちろん今回の上京で彼に会いたいという気持ちはさらさらなく、もう明菜の中では終わったことらしい。

どうやら明菜から見て、彼氏の運気が急に弱まりはじめたようだ。

それでも明菜は生理不順解消のため、ピルを服用しているので中出しも大丈夫である。

明菜のタロット占いもかなり当たり、実は由香なども今までに何度か見てもらったらしいのだ。茶髪の娘と清純美少女の取り合わせも妙だが、どこか由香は明菜の学力の高さを尊敬している節があった。

とにかく明菜は、単なる不良少女というより、神秘で妖しい魅力のある子だった。

やがて東京に着くと、二人はレストランで昼食を済ませ、いったん別れることにした。

「じゃあとで連絡する」

「うん、頑張って」

明菜はそう言って彼を励ましてから原宿へ、玲児は一ツ橋にある出版社へと向かった。

さすがに都会は人が多く、そしてそれ以上何倍もの霊が浮遊し、夥《おびただ》しい想念が入り混じっていた。

何しろ霊がついているので、地下鉄の乗り継ぎも迷うことなく、やがて玲児は出版社を訪ねた。すでに約束が取り付けてあるので、社内の喫茶店で待つうち、間もなく担当編集が来たのだった。

第三章　青い恥丘の匂い

1

「ええっ？　高校を出たばかりですって？」

「はい、数日前に卒業しました」

四十歳前後で、小太りにメガネの編集者が目を丸くして玲児に言った。

「それにしては文章も構成もしっかりしている。昨夜送ってもらった新作も実に面白かったです」

彼が感嘆して言う。玲児も、だいぶ自分の年齢に合わせた内容にしたのだが、それでもかなり高度な仕上がりだったようだ。

「実は失礼ながら、類似の内容がないか検索もしたんです。結果、完全なオリジナルと分かりましたので、これからもどんどん送って下さい」

「ええ、ずいぶん書き溜めたものがありますので」

「そう、うちはいくつも雑誌があるし、何なら子会社の方にも言っておきます。出来れば長編も欲しいところですが、ストックありますか?」

編集が身を乗り出して言った。

「あります。では順次お送りしますので」

玲児も即答していた。実はストックなど何もないのだが、内容だけは溢れるほど持っている。それに今の早打ちなら、長編一冊ぐらい一週間足らずで仕上がるだろう。

「お願いします。若手ということも売りになります。出来れば東京に住んでほしいのですが、マンションぐらい用意しますので」

どうやら、この出版不況の中で、彼は玲児を貴重な新星と思いはじめているようだった。これなら本当に大学受験など止めて、作家一本ですぐにも生活できそうである。

「ええ、いずれ上京のことは具体的に考えますので」

玲児は答えた。

由香も明菜も、間もなく都内の女子大に通うようになるのだから一人暮らしを考えているだろうし、地元への未練は弥生ぐらいのものだが、それでも日帰り出来る距離なのだからどうにでもなるだろう。

やがて玲児は出版社を辞し、生まれて初めてもらった名刺をポケットに入れて明菜にラインした。

そして玲児は明菜と鶯谷で落ち合い、すぐにもラブホテルに入った。

霊感だの何だの人に聞かれたくない話をするから、普通の喫茶店などよりも、密室の方が良いと言おうとしたが、口実や言い訳などどうでも良く、明菜もそのつもりだったようだ。

初めて入ったラブホテルの密室は、それほど広くないがベッドとテーブルと椅子、テレビなどが実に機能的に配置され、いかにもセックスが大目的という雰囲気の部屋であった。

明菜は経験者らしく、甲斐甲斐しくバスルームに行って湯を出し、足拭きマットも広げてから戻り、冷蔵庫からサービスドリンクを出してくれた。

今までも彼氏と地元で、何度か入ったことがあるのだろう。

「どうする？　話をする？」

「いや、話は帰りの新幹線でいいよ。身体を流してくるね」

明菜がソファに掛けて言うので、玲児は答えてバスルームに入った。

手早く全裸になってシャワーの湯を浴び、腋と股間を洗いながら急いで歯を磨き、放尿まで済ませておいた。

そして身体を拭き終わると、期待と興奮に激しく勃起した。

腰にバスタオルを巻き、脱いだものを持って部屋に戻ると、明菜も立ち上がって入れ替わりにシャワーを浴びようとした。

「あ、明菜はそのままでいい」

「なんで。ゆうべお風呂入ったきりだし、今日はずいぶん歩き回ったよ」

「うん、匂いが濃い方がいい」

「本当？　じゃ歯だけ磨くわ。お昼のパスタのガーリックが残ってるかも知れないから」

「わあ、その方がいい」

「知らないよ、うんと匂っても」

「うん、もっと好きになりそう」

「変なの。私なんかタイプじゃないくせに」

「そんなことないよ。今は、大きな力をくれた女神様と思ってる」

玲児は言って腰のタオルを取り、全裸でベッドに仰向けになった。

ピンピンに屹立しているペニスを見ると、明菜もシャワーと歯磨きを諦めて手早く脱ぎはじめた。

派手な衣装を脱いでいくと、意外に白い肌が現れ、生ぬるく甘ったるい匂いが漂った。そして彼女は、ためらいなく最後の一枚も脱ぎ去るとベッドに上がってきた。

「ね、ここに立って足の裏を顔に乗せて」

「え、そんなことされたいの？」

言うと明菜は驚いたように答えながらも、彼の顔の横にスックと立ってくれたのだった。

やはり彼にしてみれば、弥生や由香に頼めないことを明菜に求めているのだ。

胸も豊かで太腿はムッチリとし、ウエストがくびれているので実に抜群のプロポーションだった。もちろんギャルの化粧は顔だけで、タトゥーどころかペディキュアもしていない。

明菜は言うと、壁に手を突いて身体を支え、そろそろと片方の足を浮かせ、彼の顔に足裏を乗せてきた。

「いいのね、こう？」

「ああ、気持ちいい。もっと強く踏んで……」

明菜も、そっと足裏を擦り付けてきた。

僅かに湿った足裏の感触を顔に受け、玲児はうっとりと言った。

彼は足裏に舌を這わせ、指の間に鼻を押し付けて嗅いだ。さすがにそこは汗と脂にジットリ湿り、ムレムレの匂いが沁み付き、弥生より由香よりずっと濃厚に鼻腔を刺激してきた。

玲児はうっとりと嗅いでから爪先にしゃぶり付き、順々に指の間に舌を割り込ませて味わった。

「あう、変な感じ……」

明菜が言い、ビクリと膝を震わせた。

味わいながら見上げると、割れ目がヌメヌメと潤いはじめていた。

玲児は足を替えてもらい、そちらも存分にしゃぶって新鮮で濃厚な味と匂いを貪り尽くした。

「顔を跨いでしゃがんで」

口を離して言うと、明菜も彼の顔の左右に足を置き、和式トイレスタイルでゆっくりしゃがみ込んできた。

脚がM字になると、左右の脹ら脛と内腿がムッチリと張り詰めて量感を増し、濡れた割れ目が鼻先へと一気にズームアップしてきた。

温もりと湿り気に顔中を包まれながら見上げると、はみ出した陰唇から、今にもツツーッと愛液が滴りそうなほど雫が宿っていた。

指で広げると、奥には膣口が息づき、由香よりずっと大きめのクリトリスが光沢を放ってツンと突き立っていた。

玲児は腰を抱き寄せ、程よい範囲に茂っている恥毛の丘に鼻を埋め込んだ。

嗅ぐと、生ぬるく蒸れた汗とオシッコの匂いが悩ましく鼻腔を刺激し、彼は舌を挿し入れて膣口を探った。

淡い酸味のヌメリが、ヌラヌラと舌の動きを滑らかにさせ、そのままクリトリスまで舐め上げていくと、

「あう……」

明菜が呻き、ヒクヒクと白い下腹を波打たせた。

玲児はチロチロと舌先で弾くようにクリトリスを舐め、溢れてくる愛液を掬い取った。

「アア、いい気持ち……」

明菜もすっかり息を弾ませて言い、クネクネと形良い尻を悶えさせた。

さらに彼は尻の真下に潜り込み、顔中に双丘を受け止めながら、谷間に閉じられるピンクの蕾に鼻を埋め込んだ。

嗅ぐと蒸れた汗と匂いと、秘めやかな微香も混じって鼻腔を刺激してきた。

あるいは買い物中、シャワートイレのない場所で用を足したのかも知れない。

玲児は美人ギャルの生々しい匂いを貪ってから舌を這わせ、おちょぼ口の襞を濡らし、ヌルッと潜り込ませた。

「く……！」

明菜が呻き、キュッときつく肛門で舌先を締め付けてきた。

彼が内部で舌を蠢かせ、淡く甘苦い滑らかな粘膜を探ると、新たな愛液が溢れて鼻先に滴ってきた。

玲児は充分に味わってから、再び割れ目に戻って大洪水の愛液をすすり、クリトリスに吸い付いた。

「も、もうダメ……、今度は私がしてあげる……」

絶頂を迫らせたらしい明菜が言い、ビクッと股間を引き離してしまった。

そして彼の股間へと移動し、大股開きにさせて真ん中に腹這うと、中心部に顔を寄せてきた。

長い茶髪がサラリと股間を覆い、中に熱い息が籠もった。

2

「すごい勃ってる……。卒業式の日も、本当はしゃぶりたかったんだ……」

明菜が指で幹を撫でながら言い、顔を進めて先端に舌を這わせてきた。

粘液の滲む尿道口を舐め回し、亀頭にしゃぶり付くとスッポリ深く含み、上気した頬をすぼめて吸いながらスポンと引き抜いた。

「ああ、気持ちいい……」

玲児は快感に喘ぎ、彼女も何度か亀頭を含んでは吸い付き、さらに陰嚢もチロチロと舐め回した。

「ここ、嚙んで……」

内腿を指して言うと、明菜も大きく開いた口で内腿の肉をくわえ、咀嚼《そしゃく》するようにモグモグしてくれた。

「アア、気持ちいい。もっと強く……」

玲児は甘美な刺激に喘ぎ、唾液に濡れた勃起したペニスをヒクヒク上下に震わせた。

彼女は左右とも内腿を嚙んでくれ、さらに玲児の両脚を浮かせると、尻の丸みにもキュッと歯を食い込ませてきた。

そこも、ゾクゾクする快感があった。オナニーと違い、女性に愛撫されると思いがけない部分が感じるという、新鮮な発見があった。

そういえば尻の左右の丸みは、助さんと格さんと言うらしい。真ん中が肛門様だからだ。その真ん中にも、明菜はヌラヌラと舌を這わせ、ヌルッと潜り込ませてくれた。

「あう……」

玲児は呻き、キュッと肛門で舌先を締め付けた。

明菜も厭わず内部で舌を蠢かせると、脚を下ろして陰嚢をしゃぶり、再びペニスを吞み込んでいった。

根元まで深々と含み、幹を締め付けて吸い、クチュクチュと執拗に舌をからめると、

「い、いきそう……」

玲児はすっかり高まって口走った。

すると明菜もスポンと口を引き離した。

「入れていい？」

「うん、跨いで入れて」

言うと彼女も前進して玲児の股間に跨がり、先端に割れ目を押し当ててきた。

ゆっくり擦りつけて位置を定め、そのまま腰を沈み込ませると、亀頭が潜り込み、あとはヌルヌルッと滑らかに根元まで嵌まり込んでいった。

「アア……！」

明菜が顔を仰け反らせて喘ぎ、ピッタリと股間を密着させて座り込んだ。

尻の丸みと重みが伝わり、彼も肉襞の摩擦と温もり、きつい締め付けと潤いに包まれて快感を嚙み締めた。

彼女は何度か擦り付けてから、身を重ねてきたので玲児も下から両手を回してしがみつき、僅かに両膝を立てた。

潜り込むようにして乳首に吸い付くと、顔中に柔らかな膨らみが覆いかぶさってきた。

舌で転がし、感触を味わい、もう片方も含んで執拗に舐め回した。

「あう、感じるわ……」

明菜が呻き、息づくような収縮がペニスを包み込んだ。

左右の乳首を味わうと、玲児は彼女の腋の下にも鼻を埋め、甘ったるく蒸れた汗の匂いに噎《む》せ返った。

「くすぐったいよお……」

彼女が言い、とうとう腰を遣いはじめた。緩やかに股間を前後させ、さらに脚をM字にさせ、スクワットするように貪欲に動いていった。

溢れる愛液に幹が滑らかに擦られ、彼もズンズンと突き上げると、

「アア……、すぐいきそう……」

明菜が熱く喘ぎ、上からピッタリと唇を重ねてきた。

玲児も密着する感触と唾液の湿り気、吐息の熱さを感じながら舌を挿し入れてからみつかせた。

「ンン……」

明菜は熱く鼻を鳴らし、次第に互いの動きをリズミカルに一致させながら収縮を活発にさせていった。

「あう、いい気持ち……」

唇を離して呻くと、熱く湿り気ある吐息が彼の鼻腔を刺激してきた。

甘酸っぱい果実臭に、ほんのりガーリック臭とミント臭が混じり、悩ましく彼の鼻腔を掻き回した。

「唾垂らして……」

言うと、明菜もすぐに唾液を溜めて唇をすぼめ、白っぽく小泡の多い唾液をトロトロと吐き出してくれた。

生温かなシロップを舌に受けて味わい、うっとりと喉を潤すと、甘美な悦びが胸に広がってきた。何と言っても、この明菜が最初にペニスに触れてくれ、射精させてくれた女神なのだ。

「顔にも強くペッて吐きかけて」

「そんなことされたいの？　いいけど」

明菜は答え、ペニスの強ばりと脈打ちで彼が本気で望んでいることを察し、すぐに息を吸い込んで止め、口を寄せて強くペッと吐きかけてくれた。

「ああ、気持ちいい……」

かぐわしく熱い息を顔中に受け、生温かな唾液の固まりに鼻筋を濡らされて玲児は喘いだ。

「しゃぶって」

さらにせがむと、彼女は吐きかけた唾液を舌で拭うようにヌラヌラと鼻全体をしゃぶり、唾液にまみれさせてくれた。

「ああ、いい匂い……」

「嘘、今はいい匂いの筈ないわ」

明菜は言いながらも、惜しみなく熱い息を吐きかけてくれた。

もう我慢できず、玲児は明菜の唾液と吐息の匂いに包まれ、締まりの良い肉襞の摩擦の中で昇り詰めてしまった。

「い、いく、気持ちいい……！」

口走りながら、熱い大量のザーメンをドクンドクンと勢いよくほとばしらせ、柔肉の奥深くを直撃すると、

「感じる……、アアーッ……！」

噴出を受け止めた明菜も、声を上ずらせて動きを早めた。

そのままガクガクと狂おしいオルガスムスの痙攣を開始すると、膣内の収縮も最高潮になり、彼は快感を嚙み締めながら、心置きなく最後の一滴まで出し尽くしていった。

満足しながら突き上げを弱めていくと、明菜も肌の強ばりを解き、グッタリと力を抜いて体重を預けてきた。

「ああ、最高に気持ち良かったよ……」

明菜が荒い息で囁き、玲児はまだ息づく膣内でヒクヒクと幹を震わせた。

そして胸に密着する柔らかな乳房を感じ、甘酸っぱい刺激を含んだ吐息を胸いっぱいに嗅ぎながら、うっとりと快感の余韻を味わった。

やがて呼吸を整えると、明菜がそろそろと股間を引き離し、

「鼻の周り唾でヌルヌルだよ。お風呂入ろう」

言って起き上がったので、玲児も身を起こした。

一緒にバスルームに行くと、すでに湯がいっぱいに張られていた。

二人でシャワーを浴びて股間を流し、向かい合わせに湯に浸かった。

「最初に部室でしたときは、キスも拒んだけど、今は何度でもしたいわ」

明菜が言い、熱っぽく彼を見つめた。

玲児は彼女の両足首を摑み、湯の中で回復してきたペニスを足裏で挟んでもらった。すると明菜も足裏で幹を挟み付け、そっと擦り合わせるように愛撫してくれた。

「すごい、もうこんな硬くなってる……」

明菜が足裏で弄びながら言ったが、のぼせるまえに湯から上がった。

ビニールマットが立てかけられていたので、それを広い洗い場に敷き、彼は仰向けになった。

「ね、オシッコかけて」

「何でもかけられるのが好きなの？　出るかな。こんなことするの初めて」

言うと明菜が身を寄せてきたので、顔に跨がってもらった。

恥毛の匂いは消えてしまったが、真下から舐めると、新たな愛液に舌の動きが滑らかになった。

彼女は息を詰め、下腹に力を入れて懸命に尿意を高めはじめた。

すると舐めるうち、柔肉が妖しく蠢いて味わいが変化した。

「あう、出るよ、本当に……」

彼女が言うなり、チョロチョロと熱い流れが滴ってきた。

それを口に受けると、意外にも味と匂いは実に控えめで、抵抗なく喉を通過していった。ただ仰向けなので、噎せないよう気をつけながら飲み込み、甘美な悦びで胸を満たした。

すると流れは徐々に勢いを増して顔中を温かく濡らし、頰を流れて耳の穴にも入ってきた。

3

「アア……、こんなことさせるなんて……」

明菜が喘ぎながら言い、とうとう出しきって流れを治めた。

玲児は残り香の中でポタポタ滴る余りの雫をすすり、新たな愛液に濡れた割れ目を舐め回した。

「も、もういいでしょ。感じすぎるわ……」

まだオルガスムスの余韻があるのか、明菜が言ってビクリと股間を引き離していった。

「ローションがあるわ。ここでしようか」

するとと彼女がローションを見つけて言い、双方の肌にヌラヌラと塗り付けてきた。そして身を重ね、弾力ある乳房で彼の胸を擦り、完全に勃起しているペニスもパイズリしてくれた。

「ああ、気持ちいい……」

ヌメリに包まれながら玲児は喘ぎ、彼女の下半身を引き寄せた。

明菜もパイズリしながら玲児の顔に尻を向けたので、彼は指で肛門を探り、ローションのヌメリに合わせてヌルヌルと奥まで潜り込ませていった。

「あう、変な気持ち……」

明菜が呻き、根元まで入った指をキュッと肛門で締め付けてきた。

中は思ったほどのベタつきもなく、むしろ滑らかで、彼は出し入れさせるようにヌラヌラと内壁を擦った。

「アア……」

彼女が喘ぎ、割れ目からはトロトロと愛液を漏らしてきた。

「も、もうダメ……」

やがて明菜が尻をくねらせて言うので、ようやく玲児も肛門からヌルッと指を引き抜いてやった。

指に汚れはないが、嗅ぐと生々しい匂いが鼻腔を刺激した。

「ダメ、嗅いだら」

明菜が驚いたように言い、シャワーの湯で念入りに彼の指を洗い流してしまった。そして歯ブラシも手にして封を切った。

「もう磨いてもいいわね？」

「うん、でも歯磨き粉は付けないで、上からエッチしながら磨いて」

言うと明菜もペニスに跨がり、再び女上位でヌルヌルッと根元まで膣内に受け入れ、股間を密着させた。

「ああ……、いい気持ち……」

明菜は喘ぎながらも、まだ腰は動かさずに歯を磨きはじめるという奇妙な構図になった。

玲児も、締め付けと温もりを味わいながら彼女の顔を抱き寄せた。

明菜が歯ブラシをくわえながら言い、糸を引く唾液を垂らしてきた。

「いいの？　垂れるよ……」

玲児は歯垢混じりの唾液を舌に受けて味わい、彼女も手早くシャカシャカと軽やかな音を立てて歯を磨いた。

口に唾液が溜まるたびトロトロと滴ってくるので、玲児は心ゆくまで味わい、充分すぎるほど喉を潤すことが出来た。

やがて磨き終わると、明菜が歯ブラシを捨てて完全に覆いかぶさってきたので玲児も両手を回してズンズンと股間を突き上げ、唇を重ねてまだ残る唾液をすすった。

「ンンッ……」

明菜が貪欲に舌をからめて呻き、突き上げに合わせて腰を上下させた。

大量の愛液がクチュクチュと淫らに湿った音を立て、彼の陰嚢から肛門の方まで生温かく伝い流れてきた。

「ま、またいきそう……」

彼女が口を離して言い、収縮を強めてきた。

明菜の吐息は昼食の残滓も洗われ、本来の甘酸っぱい果実臭に戻っていた。

彼は唾液に濡れた口に鼻を擦りつけ、ヌメリと匂いの中でジワジワと絶頂を迫らせていった。

「ね、嘘でもいいから好きって言って」

明菜が顔を寄せて囁く。

「嘘じゃなく好きだよ。僕の女神様と思ってるからね」

「本当？　じゃこれからもしてくれる」

「ああ、もちろん」

玲児が答えると、明菜も嬉しげに腰の動きを活発にさせた。

「あう、いく……」

たちまち玲児は快感に包まれ、二度目の絶頂に達して呻いた。

そのままドクンドクンとありったけのザーメンをほとばしらせると、

「き、気持ちいい……、ああーッ……！」

明菜も噴出を受けた途端に声を上ずらせ、ガクガクと狂おしいオルガスムスの痙攣を開始した。

玲児も快感を味わい、最後の一滴まで出し尽くしていった。

徐々に突き上げを弱めていくと、

「ああ……、すごかったわ……」

明菜も満足げに言い、グッタリともたれかかってきた。

玲児も力を抜いて身を投げ出し、熱く甘酸っぱい息を間近に嗅ぎながら余韻に浸った。

すると明菜がすぐに股間を引き離して移動し、愛液とザーメンにまみれたペニスにしゃぶり付き、ヌメリを吸って念入りに舌を這わせてきたのだ。

「あうう、も、もういいよ、有難う……」

彼はクネクネと腰をよじらせて言い、舌の刺激にペニスをヒクヒクと過敏に震わせたのだった。

ようやく彼女は口を離し、また添い寝して荒い呼吸を整えたのだった……。

――もう一度二人で湯に浸かり、明菜は口をすすいでから身体を拭いて部屋に戻った。身繕いをしてラブホテルを出ると、また二人で東京駅へ戻って新幹線に乗った。

「濃い一日だわ。買い物も出来たし、鳥塚と一つになれたし」

「ああ、戻ったら夕食を食べて解散しよう」

玲児は答え、暗くなる頃に戻り、駅近くのレストランで夕食をとった。

もちろん互いにビールも飲まないので、食事だけで終えた。

一緒にレストランを出て駅に向かうと、ちょうどそのとき、

「あれえ？　てめえら付き合ってるのか」

声をかけてきた者がいた。

傍らの雀荘から出てきた木場武夫で、後から不良仲間らしい三人も出てきた。

「あ、そうだ。残りの一万八千円返してくれ。足りなければ仲間たちから借りるといい」

「てめえ、寝言ほざいてるんじゃねえぞ」

武夫は仲間の手前強がっていたが、内心は玲児を恐れているようだ。

「どうした木場、何だ、このチビは」

大柄な一人が言う。三人とも武夫の先輩らしく、どうせ進学も就職もせず遊び回っている連中のようだ。

「貸した金を返せと言っただけだ。足りないようなら木場に貸してやってくれ」

玲児が言うと、三人が気色ばんで迫ってきた。

「その口のきき方は何だ。俺たちとやろうってのか」

「ああ面倒だ。やってもいいが、こんな繁華街で殺し合いするわけにいくまい。そこの公園へ行こう」

「なに」

三人が、毒気を抜かれたように呆然となった。

そして玲児と明菜が悠然と歩きはじめると、四人は慌てて追ってきた。

明菜も、今はすっかり玲児の力を信じているから落ち着いたものだった。

やがて人けのない公園に入ると、四人が取り囲んできた。

「こいつ、なかなか強いので気をつけて下さい……」

「木場、お前なにこんなチビにビビってるんだ」

武夫が言うと、大柄な男が呆れたように言った。

「ああ、ナイフとか持ってるなら早めに出せよ。四人いっぺんにかかってこい」

玲児が言うと、明菜がスマホを出して動画を撮りはじめた。

「てめえ、ナメるんじゃねえ、うぐ!」

大柄な男が怒鳴りながら殴りかかってきたので、玲児は身を躱して強烈な肘打ちを食らわせた。肋骨の数本が砕け、男は顔を歪めて呻きながら膝から崩れて昏倒していった。

「さあ、早くナイフでも出せ」

玲児が言うと、残る二人が本当にポケットからバタフライナイフを出して刃を立て、武夫は少し後退していた。

玲児は近い奴の手首を蹴上げて砕き、ナイフを落とさせた。

すかさず股間を蹴上げて睾丸を潰した。これで二度と女は抱けず、次に会ったときはニューハーフになっているかも知れない。

「むぐ……」

二人目がくずおれ、玲児は容赦なく三人目の顎を跳び蹴りで粉砕していた。

たちまち三人が地に転がり、玲児が武夫に迫ると、

「よ、よせ……」

彼は今にも腰を抜かしそうに震えて言った。

「一万八千円」

言うと武夫は財布から一万円札を一枚出し、さらに玲児が顎をしゃくると、倒れている一人の財布から、もう一万円出してきた。

「釣りだ」

玲児は受け取り、財布から二千円出して渡してやった。

「三人とも大怪我だが、訴えるようなことはしないよな？　ナイフを持った大勢が一人を襲ったことは、動画に撮ってあるんだ」

「わ、分かった……」

言うと、武夫は震えながら小刻みに頷いた。

もう言うまでもなく、これで奴も街で声をかけてくることもないだろう。

玲児は明菜を促して公園を出た。

「すごおい。ユーチューブに流しちゃおうかな」

「おいおい、それはダメだよ」

はしゃいで言う明菜に苦笑して答え、やがて彼女とは駅で別れたのだった。

4

「あれ、鳥塚じゃない？　泳げたっけ」

翌日の昼間、スポーツジムのプールで、玲児に声をかけてきたものがいた。

見ると、同じクラスだった女子水泳のホープ、宇部日向子《うべひなこ》だった。

颯爽とした長身で短髪、インターハイにも出場して好成績を残した美人だから
テレビ出演の話もあったほどだ。

玲児も、自分の力を試したくてジムに来て、様々な器具を順々に使い、最後に
苦手だったプールに来たのだ。

「うん、特訓して泳げるようになったんだ」

「へえ、いつも水泳の授業や大会では仮病使って逃げ回っていたのに」

彼が答えると、日向子が笑って言った。

ゴムキャップに肌の線がクッキリ出る水着、すでに何度か往復したようで顎から雫が滴っていた。

微かに息も弾んでいるが、さすがにケアして無臭に近い。

「ああ、すっかり速く泳げるようになったからね、今は宇部より速いよ」

「言ってくれるじゃないの。じゃ競争しようか」

日向子が言う。今プールは人も少なく、コースが二つ空いていた。

「いいけど、もし僕が勝ったら何でも言うことを聞いてくれる？」

「私が負けるわけないから約束してもいいけど、私が勝ったらどうする気」

「もちろん何でも言うことを聞く」

「じゃここの正会員になって、春休みじゅう私の荷物運び」

「うん、分かった。僕が勝ったらセックスさせて」

「いいよ、でも私に勝てると思うのはおかしいんじゃないの」

日向子が言い、一緒に水に浸かった。

飛び込みではなく、浸かった状態からのスタートにした。

彼女はすでに泳いでいたが疲れるほどではなく、むしろちょうど良いウォームアップになったようだった。

「じゃクロールで、二十五メートルの勝負」

玲児は、彼女の最も得意な泳法を言い、いったん頭まで水に浸かった。このプールのコースは片道二十五メートルである。

「僕に負けても気を落とさないで」

「ああ、ゴタクはいいから始めよう。私がドンと言うよ」

ゴーグルを嵌めた日向子が身構えて言い、肩まで浸かると身構えた。

そして玲児も身を沈めてスタート体勢になると、

「ドン！」

日向子が言い、壁を蹴って進んだ。

玲児も泳ぎはじめたが、初めてでも楽に水を搔いて進めた。

もちろんオリンピック級の霊を宿しているから、見る見る速度を増して向こうの壁に迫っていった。

そして、あらためて水泳とは実に快適なものだなと実感した。全身の左右を均等に使うから、利き腕に頼る他のスポーツより身体に良さそうだ。

日向子が驚愕している様子が見えないのが残念だが、玲児が壁に手を突き、立って待っていると、数秒遅れて日向子が到着した。

「ど、どういうこと……！」

日向子がゴーグルを外して迫り、怒鳴るように言った。彼の顔に飛沫が飛んだが、これは唾液じゃなく水だろう。

「だから、密かに特訓していたんだってば」

「信じられない……、ね、もう一度お願い。今のは驚きで水に噎せたのよ」

「そんな言い訳は聞かない。もう一度戦うのはいいけど、すでに勝負はついたから約束は守ってね」

「え、ええ……、とにかくもう一回」

「じゃこうしよう。僕は平泳ぎで行くから、宇部はクロールで」

「ほ、本気……？」

日向子が目を丸くした。世界記録でも、クロールと平泳ぎでは五秒以上の差が出るのだ。

「うん、もし宇部が勝ったら、一対一で決勝してもいい」

「いいわ、やりましょう！」

言うと日向子は闘志に濃い眉を吊り上げ、再びゴーグルを嵌めた。

「じゃ今度は僕がドンと言うよ。準備はいいかな」

「いつでもいいわ」

彼の言葉に日向子は身構えた。

「ドン!」

玲児が言って平泳ぎを始めると、日向子も猛烈なスピードで泳ぎだした。

彼も、元平泳ぎ世界最高記録保持者の霊を宿し、快適に水を掻いて進んだ。

すぐ日向子に追いつき、やがて追い越して元来た壁に辿り着くと、少し遅れて日向子が着いた。

「さあ、上がろう」

玲児がヒラリとプールから出ると、日向子は水の中でしばし呆然とうなだれていた。霊能力で勝つのはフェアではないし、可哀想だが、セックスしたいのだから仕方がない。

やがて日向子が顔を上げたので、手を握って引っ張り上げてやった。

「あんた、何者なの……」

「急に目覚めた天才。とにかく約束は守ってね」

言うと、日向子はベンチに座ってゴーグルとキャップを脱いで俯くと、すぐに顔を上げて訊いてきた。

「今日これから？」

「ううん、今日はダメだ。明日の昼過ぎにしよう」

「なぜ」

「水に浸かって体臭が消えてしまってるからね。僕は匂いが濃くないと燃えないんだ。だからたった今から明日の昼過ぎに会うまで、シャワートイレと入浴と歯磨きは禁止。もちろん明日の午前中のプールもダメ」

「そ、そんな……」

「要望で二度も勝負したんだ。君も自分に厳しいスポーツウーマンの人生を歩んできたんだから、約束は守れるよね」

玲児は言って彼女の手を取り、小指をからませた。

「じゃ明日の午後二時、駅前で待ってる。うんと匂いを濃くしてきてね」

言うと指を離し、彼は日向子をそのままに、さっさと更衣室に入っていった。

（うわあ、明日はあの体育会系美女が抱ける……）

そう思うと、期待に激しく勃起してしまった。

玲児は急いで弥生にメールし、すぐにも行く旨を伝えたのだった。そして身繕いをしてジムを出ると、真っ直ぐ弥生のハイツに向かった。

5

「困るわ、こんな急に……」

弥生は言いながらも訪ねて来た玲児をハイツに迎え入れ、それでも期待にレンズ越しの目をキラキラさせ、甘ったるい匂いを漂わせていた。

今は在校生も期末テストの時期なので、学校は午前中だけである。弥生も、今帰宅したばかりのようだった。

「もう、あれから弥生先生のことばっかり考えていたんだ。どうにも我慢できなくて」

玲児は言い、すぐにも脱ぎながらベッドに近づいた。

弥生も、彼からのメールがあった時点から心の準備はしていたようだが、シャワーを浴びる暇はなかったらしい。

彼は全裸になり、美人教師の体臭の沁み付いたベッドに横たわった。

弥生も急激な淫気に襲われたように、黙々と服を脱ぎ去っていった。たちまち一糸まとわぬ姿になると、彼女もすぐベッドに添い寝してきた。もちろんメガネだけはかけたままだ

玲児は身を起こし、仰向けにさせた彼女の足裏に顔を押し付けた。

「あう、ダメ、そんなところ……」

弥生が驚いたように言ったが、拒みはせず身を投げ出していた。すでに彼のオーラに包まれ、力が抜けているようだ。

玲児は足裏を舐め、形良く揃った指の間に鼻を割り込ませた。指の股を嗅ぐとそこは汗と脂に湿り、蒸れた匂いが悩ましく鼻腔を刺激してきた。

彼は美人教師の足の匂いを存分に貪り、爪先にしゃぶり付いて全ての指の間に舌を挿し入れて味わった。

「アア……、汚いのに……」

弥生がヒクヒクと脚を震わせながら喘ぎ、彼は両足とも心ゆくまで味と匂いを貪り尽くした。

そして彼女を大股開きにさせ、脚の内側を舐め上げ、ムッチリした白い内腿をたどって熱気の籠もる股間に顔を迫らせていった。

指で陰唇を広げると、ピンクの柔肉はすでにヌメヌメと潤っていた。

「ね、先生。オマ×コお舐めって言って」

「あう、そんなこと言えないわ……」

股間から言うと、弥生がビクリと反応して呻いた。

「だって、こんなに濡れているのに」

玲児は、指の腹でクリトリスを擦って言った。

「アアッ……、ダメ、すぐいきそうよ……」

「言って。指だけじゃ物足りないでしょう？」

「い、入れて……」

「舐めてからね」

「オ……、オマ×コお舐め……、ああッ……！」

とうとう口に出し、彼女は自分の言葉に激しく身悶えた。

玲児も、授業をする綺麗な声で淫らな言葉を嬉々、興奮しながら顔を埋め込んでいった。

柔らかな茂みに鼻を擦りつけて嗅ぐと、隅々にはふっくらした生ぬるい汗とオシッコの匂いが蒸れて馥郁と籠もっていた。

「いい匂い」

「あう、言わないで……」

黙って舐めろとでも言うふうに、彼女は呻きながらキュッときつく内腿で彼の両頬を挟み付けてきた。

玲児も美人教師の匂いで鼻腔を刺激されながら舌を挿し入れ、生ぬるく淡い酸味のヌメリを掻き回し、膣口からクリトリスまで舐め上げていった。

「アアッ……！」

弥生がビクッと顔を仰け反らせて喘ぎ、内腿に強い力を込めてきた。

玲児は味と匂いを存分に堪能してから、彼女の両脚を浮かせ、尻の谷間に鼻を埋め込んだ。

ひんやりした双丘が顔中に密着し、ピンクの蕾に籠もって蒸れた匂いが悩ましく鼻腔を刺激してきた。彼は舌を這わせて襞を濡らし、ヌルッと潜り込ませて滑らかな粘膜を味わった。

「く……」

弥生が呻き、肛門で舌先を締め付けてきた。玲児は舌を蠢かせてから離し、唾液に濡れた蕾に左手の人差し指を浅く潜り込ませた。

さらに右手の指も膣口に押し込み、前後の穴の中で指を蠢かせながら、再びクリトリスに吸い付いていった。

「あう、ダメ……!」

弥生が呻き、前後の穴でそれぞれの指をモグモグと締め付け、白い下腹をヒクヒク震わせた。そろそろ絶頂が迫っていることが、玲児にも分かるようになってきた。

指をヌルッと引き抜いて嗅ぐと、肛門に入っていた指からは生々しい微香が感じられ、膣内にあった指の腹は湯上がりのようにふやけてシワになっていた。

「お、お願いよ、入れて……」

「うん、でもまだしゃぶってもらっていないので」

弥生がせがんだが彼は答え、前進して彼女の胸に跨がった。そして前屈みになって手を突き、先端を鼻先に突き付けた。

すると彼女もすぐ顔を上げ、先端を舐め回し、亀頭にしゃぶり付いてくれた。

「ああ、気持ちいい……」

彼は喘ぎながら、根元まで押し込み、口の中の温もりを味わった。

彼女も熱い鼻息で恥毛をくすぐり、クチュクチュと舌をからめてくれた。

そして充分に唾液にまみれると、待ちきれないようにスポンと口を離した。玲児も充分に高まっているので弥生の股間に戻り、彼女も力が抜けて起き上がれないようなので、正常位で股間を進めていった。

先端を濡れた膣口に押し付け、ゆっくり挿入していくと、

「アァッ……！」

弥生が身を弓なりに反り返らせて喘ぎ、ペニスはヌルヌルッと滑らかに根元まで呑み込まれていった。

肉襞の摩擦と温もりを味わいながら股間を密着させ、彼は身を重ねていった。

屈み込んで乳首を吸い、顔中で膨らみを味わいながら舌で転がすと、

「つ、突いて……」

弥生が口走り、ズンズンと股間を突き上げてきた。

玲児は左右の乳首を順々に含んで舐め回し、腕を差し上げて腋の下にも鼻を埋め、濃厚に甘ったるい汗の匂いで鼻腔を満たした。

そして彼も徐々に腰を突き動かしながら、美人教師の喘ぐ口に鼻を押し付けて息を嗅いだ。湿り気ある甘い花粉臭に、昼食の名残かほのかなオニオン臭が混じり、悩ましい刺激が鼻腔を掻き回してきた。

「ああ、綺麗な先生でも、こんな濃い匂いの時があるんだ」

「あう、ダメ……」

囁くと、羞恥にかえって彼女の息が熱く弾んだ。

玲児は律動しながら充分に嗅ぎ、そのまま唇を重ねて舌をからめた。

「ンン……」

彼女も目を閉じて熱く鼻を鳴らし、大量の愛液を漏らして動きを滑らかにさせた。ピチャクチャと淫らに湿った摩擦音が聞こえ、揺れてぶつかる陰嚢も生温かく濡れた。

なおも玲児が執拗に舌をからめ、唾液と吐息を吸収しながら、ぶつけるように腰を突き動かし続けていると、

「い、いっちゃう……、アアーッ……!」

弥生が口を離して仰け反り、激しく喘ぎながらガクガクと狂おしいオルガスムスの痙攣を開始してしまった。

玲児も摩擦と収縮に巻き込まれ、続いて昇り詰めた。

「いく……、気持ちいい……!」

彼も口走り、快感に貫かれながらありったけのザーメンを注入した。

「あう、すごいわ、もっと……！」

熱い噴出を感じた弥生が、駄目押しの快感を得て呻き、飲み込むようにキュッキュッと締め付けてきた。

玲児も心ゆくまで快感を味わい、最後の一滴まで出し尽くしていった。

そして満足しながら力を抜いて身を預け、息づく膣内でヒクヒクと過敏に幹を跳ね上げた。

「アア……」

弥生も敏感に肌を震わせて喘ぎ、肌の強ばりを解くとグッタリと身を投げ出していった。

彼はのしかかり、美人教師の喘ぐ口に鼻を押し付け、湿り気ある熱く濃厚な花粉臭の吐息で胸をいっぱいに満たしながら、うっとりと快感の余韻を味わったのだった。

呼吸を整えて股間を引き離し、ゴロリと横になると、また彼は甘えるように腕枕してもらい、弥生の温もりに包まれた。

「近々、東京へ出ることになりそうです」

玲児が囁くと、

「そうなの？　予備校へ行くの？」

弥生も息を弾ませながら言った。

「いえ、実は持ち込みの原稿が採用されることになったので、作家デビューできそうなんです」

「本当？　すごいことよ、それは……」

出版社と雑誌名を言うと、弥生が驚いて彼の顔を覗き込んだ。

「でも、月に一度は弥生先生に会いに来ますから」

「それは気にしなくてもいいわ。自分の道をしっかり歩いてくれれば」

「ええ、もちろん専念するけど、やっぱり会いたいですから」

彼は答え、息づく乳房を愛撫した。ペニスも回復を始めているので、もう一回しないと治まらなくなっている。

「雑誌に載ったらメールしますからね」

「ええ、必ず読むわ。じゃ間もなく出来る文芸部の卒業文集は、君にとってアマの最後の作品になるのね」

弥生が言うと、やがて玲児は身を起こし、彼女も支えて起こしながらベッドを降りた。

バスルームに移動し、シャワーの湯で互いの身体を流した。

さすがにバスルームに入るときは弥生もメガネを外し、美しく整った素顔を露わにしていた。

これからオシッコを頂いて、ベッドに戻って次はどんな射精をしようか思うだけで、彼自身は期待にピンピンに勃起していった。

第四章　水泳美女と豊満熟女

1

「全て、約束は守ってくれた？」

翌日の昼過ぎ、駅前で日向子と落ち合った玲児が訊くと、彼女も緊張に頰を強ばらせながら小さく頷いた。私服の彼女は、長身だけに同級生には見えない大人っぽさがあった。

彼は、期待に早くも痛いほど股間が突っ張りはじめ、すぐにも日向子を誘って駅裏のラブホテルへと入った。もちろん玲児は、昼食後の歯磨きとシャワーは終えて出て来ていたので、すぐにも始められる状態になっている。

彼は夜も午前中も、ずっと執筆にかかり、もう雑誌用ではなく書き下ろし用の長編に取りかかっていた。

やがてフロントで支払いを終え、エレベーターで三階の密室に入ると、玲児は甲斐甲斐しくバスタブに湯を張って戻ると、服を脱ぎはじめた。

「じゃ宇部も脱いで」

促すと、彼女もすっかり覚悟を決めたように、ためらいなく脱ぎはじめていった。

先に全裸になった玲児は照明を少しだけ落とし、部屋に備えてあるグラスを枕元に置いた。

「それなに」

「唾を垂らして溜めて。喘ぐと口が乾いて出にくくなるので」

「溜めてどうするの」

「もちろん飲むんだよ」

「気持ち悪いわ、変態……」

日向子が本当に嫌そうに顔をしかめて言ったが、それでも最後の一枚まで脱ぎ去り、見事な肢体を露わにした。

さすがに肩も腕も脚も逞しく、引き締まった腹には筋肉が浮かんでいた。

霊を飛ばして情報を得ると、日向子も処女ではなく、水泳部の先輩と付き合っていたことがあるようだ。

まあ高校生なのだから、一人ぐらい知っていても当たり前なのだろう。

だから美少女の由香が無垢だったのは、実に奇蹟だったようだ。

玲児がベッドに横たわると、日向子も意を決して上がってきた。

「じゃグラスに注いで」

促すと日向子も嫌々グラスを手にし、唇をすぼめてトロトロと白っぽい唾液を吐き出してくれた。

「なるべく酸っぱいレモンのこととか思って」

言うと日向子は眉をひそめ、それでも思っていた以上に多くの唾液を注ぎ、グラスには見る見る小泡の多い唾液が溜まっていった。

「じゃ、こぼさないように置いて、あとからまた溜めて」

「信じられない……」

日向子が呟くように言ってグラスを置いた。

「じゃ立って、足の裏を僕の顔に乗せて」

仰向けのまま言うと、彼女も素直に立ち上がった。

前に明菜にもしてもらったが、長身の日向子はさらに迫力があるから真下から見上げたかったのだ。

「本当に踏んでいいの？」

「うん」

答えると、日向子は彼の顔の横にスックと立ち、遥か上から見下ろしてきた。

そして壁に手を突き、身体を支えながら片方の足を浮かせると、さすがにそっと足裏を乗せてきた。

他の誰よりも大きな足裏が鼻と口に密着し、玲児はうっとりしながら舌を這い回らせた。

この足が力強く水を蹴り、数々の記録を打ち立ててきたのだ。

太く逞しい指の間に鼻を埋めると、律儀に約束を守ってくれたようで、そこは汗と脂に生ぬるく湿り、蒸れた匂いが濃厚に沁み付き、悩ましく鼻腔を刺激してきた。

年中、水に浸かっている水泳選手のナマの匂いは、そう滅多に嗅げるものではないだろう。

玲児はムレムレの匂いを貪ってから爪先にしゃぶり付き、順々に指の股にヌルッと舌を割り込ませて味わった。

「あう、そんなとこ舐めるなんて、バッカじゃないの……」

日向子は呻いて言いながら、ガクガクと長い脚を震わせた。

しゃぶり尽くすと足を交代してもらい、彼はそちらも新鮮で濃厚な味と匂いを貪った。

「じゃ顔を跨いでしゃがんで、唾も補充しておいて」

下から言うと、日向子もすぐ彼の顔の左右に足を置き、和式トイレスタイルでしゃがみ込んできた。

そしてグラスを手にし、また新たな唾液をトロトロと吐き出した。

彼女も今まで多くの勝負をしてきたしプレッシャーも乗り越えているので、実に思い切りが良かった。それに、小馬鹿にしていた運動音痴の玲児になど、羞恥を感じて堪るかという意地もあるのだろう。もっとも、その玲児に負けたから今日こうしているのである。

長い脚がM字になり、ムレムレになっている股間が彼の鼻先に迫り、熱気と湿り気が漂ってきた。

やはり水着からはみ出さないよう恥毛を手入れしているのだろう、茂みはほんのひとつまみほどしかなかった。

割れ目からはみ出す陰唇はまだ濡れておらず、指で広げてもピンクの柔肉がほんのり湿っているだけだった。

膣口は襞を息づかせ、尿道口もはっきり見え、何しろ大きめのクリトリスが目を惹いた。それは親指の先ほどもある、幼児の亀頭ぐらいでツヤツヤと光沢を放っていた。

何やら、この大きさが勝ち気な彼女のエネルギーの根源のような気がした。

玲児は腰を抱き寄せ、淡い茂みに鼻を埋め込んで嗅いだ。

隅々にはやはり甘ったるい濃厚な汗の匂いと、ほのかな残尿臭、そして恥垢のヨーグルト系の匂いも混じり、悩ましく鼻腔を刺激してきた。

「ああ、匂いが濃くて嬉しい」

「く……」

執拗に嗅ぎながら言うと、日向子が息を詰めて呻いた。

やがて充分に鼻腔を満たしてから、彼は舌を挿し入れていった。

膣口の襞をクチュクチュと探り、大きなクリトリスまで舐め上げると、

「アア……」

我慢していたらしい日向子も、とうとう熱い喘ぎ声を洩らし、張り詰めた下腹と内腿をヒクヒクと震わせた。

彼は乳首を吸うようにクリトリスを唇に挟み、チロチロと舌を這わせながら味わった。

「き、気持ちいい……」

日向子も正直に言い、大量の愛液をトロトロと漏らしてきた。やはり運動神経が良い分、感度も抜群で愛液の量も多いようだ。いったん感じると、愛液は泉のように溢れ、彼は貪るようにヌメリをすすった。

さらに尻の真下に潜り込み、顔中に白く丸い双丘を受け止めながら、谷間の蕾に鼻を埋めて嗅いだ。

やはり約束を守り、シャワートイレも使っていないので蒸れた汗の匂いに混じり、ほのかなビネガー臭も籠もって悩ましく鼻腔を刺激してきた。

これが、高校を卒業したばかりの、スポーツウーマンのナマの匂いなのだ。

玲児は充分に嗅いでから舌を這わせ、息づく襞を濡らしてヌルッと潜り込ませると、淡く甘苦く、滑らかな粘膜を探った。

「あう……」

日向子が呻き、キュッときつく肛門で舌先を締め付けてきた。中で舌を蠢かすと、鼻先の割れ目も連動して息づき、滴る愛液が生ぬるく鼻筋を濡らした。

再び割れ目に戻ってヌメリを味わい、クリトリスに吸い付くと、

「い、いきそう……」

日向子が腰をくねらせて言い、しゃがみ込んでいられず両膝を突いた。

「じゃ、今度は僕にして」

玲児が舌を引っ込めて言うと、日向子もビクッと股間を引き離し、移動してきた。そして大股開きになると真ん中に腹這い、股間に顔を寄せてきた。

「ここから舐めて。僕はシャワーを浴びてきたから」

彼が言って両脚を浮かせて抱えると、日向子も拒まず尻の谷間に舌を這わせてくれた。

熱い息を弾ませながらチロチロと舌が肛門に這い、ヌルッと浅く潜り込んだ。

「あう、気持ちいい……」

玲児は呻き、モグモグと味わうように肛門で舌先を締め付けた。

それでも日向子はすぐに舌を引き離し、彼も脚を下ろした。

そして陰嚢を舐めて二つの睾丸を舌で転がすと、身を乗り出してペニスに迫ってきたのだった。

2

「チビのくせに、大きい……」

彼女が言い、裏側に舌を這わせ先端まで舐め上げてきた。

粘液の滲む尿道口も厭わずペロペロとしゃぶり、張り詰めた亀頭をくわえるとスッポリと根元まで呑み込んでいった。

温かく濡れた美女の口に深々と含まれ、玲児はヒクヒクと幹を震わせて快感を味わった。

「ンン……」

日向子も熱く鼻を鳴らし、息で恥毛をそよがせながら幹を締め付けて吸い、クチュクチュと舌をからめてきた。玲児が小刻みにズンズンと股間を突き上げると、日向子も顔を上下させ、濡れた口でスポスポと摩擦してくれた。

「ああ、いきそう……、跨いで入れて……」

すっかり高まった玲児が言うと、日向子もスポンと口を引き離し、身を起こして前進した。

唾液に濡れた先端に割れ目を押し付け、息を詰めて腰を沈めると、ゆっくりと肉棒を膣口に受け入れていった。

やはり水泳をするだけに生理をコントロールするため、ピルを常用しているのだろう。

屹立したペニスがヌルヌルッと滑らかに根元まで嵌まり込むと、

「アア……!」

日向子が顔を仰け反らせて喘ぎ、ピッタリと股間を密着させて座り込んだ。

玲児も温もりと摩擦、締め付けと潤いを味わいながら、両手を伸ばして彼女を抱き寄せた。

潜り込むようにして乳首に吸い付き、舌で転がしながら膨らみの感触を顔中で味わった。それほど豊かではないが張りがあり、甘ったるい濃厚な体臭も感じられた。

左右の乳首を味わい、さらにスベスベの腋の下にも鼻を埋め込んだ。

そこも汗の匂いが濃く沁み付き、馥郁と鼻腔を刺激してきた。

やがてズンズンと小刻みに股間を突き上げながら、下から日向子の顔を引き寄せてピッタリと唇を重ねた。

「ク……」

日向子も身構えるように呻いたが、もうすっかり感じているので、舌を挿し入れて頑丈そうな歯並びを舐めると、すぐに開いて舌をからめてくれた。

生温かな唾液に濡れた滑らかな舌を味わい、滴ってくる唾液をすすった。

「もっと唾を垂らして」

「もう出ないよ、グラスのは？」

唇を離して言うと、日向子が枕元のグラスを指して言った。

「じゃ、そのグラスの唾を自分の鼻に入れて、口から出して」

「な、何言ってんの……」

「水泳選手なら簡単に出来るだろう」

「き、気持ち悪い。えずきそう……」

彼女は言いながらも、突き上げに感じているので素直にグラスを手にし、少しためらってから煽るように鼻の穴に吸い込んでくれた。

そして顔をしかめ、カッと喉を鳴らして口を寄せてきた。口から吐き出される粘液は大部分が唾液だが、鼻水の成分も混じって彼の口に注がれた。

ほのかな味わいと温もり、粘り気のある液体を飲み込むと、玲児は甘美な悦びに包まれた。

「おいちい」

「変態……」

彼が言うと日向子は眉をひそめて言い、空のグラスを置いた。

玲児も両膝を立てて彼女に下からしがみつき、本格的に股間を突き動かしはじめた。

「アア……！」

日向子も身を重ねて喘ぎ、動きを合わせて腰を遣った。溢れる愛液がクチュクチュと鳴り、互いの股間をビショビショにさせた。

喘ぐ口から洩れる息は熱く、甘酸っぱい果実臭が実に濃厚だった。これも約束を守り、歯磨きを控えたのだろう。

嗅ぐたびに悩ましい刺激が濃く鼻腔に引っかかり、うっとりと玲児の胸を満たしてきた。

「僕の鼻の下に、下の歯を引っかけて……」

絶頂を迫らせて言うと、日向子もしてくれ、鼻全体が大きく開いた美女の口にスッポリ収まった。

胸いっぱいに熱気を吸い込んで嗅ぐと、吐息と唾液の匂いに混じり、下の歯の裏側の微かなプラーク臭も混じり、濃厚な匂いと肉襞の摩擦で、たちまち彼は昇り詰めてしまった。

「い、いく……！」

口走りながら、熱い大量のザーメンをドクンドクンと勢いよくほとばしらせ、柔肉の奥深い部分を直撃すると、

「ヒッ……、感じる……、あぁーッ……！」

噴出を受け止めた途端に日向子も声を上ずらせ、ガクガクと狂おしいオルガスムスの痙攣を開始したのだった。

玲児も収縮と摩擦の中で心ゆくまで快感を味わい、日向子の吐息の匂いで胸を満たしながら、最後の一滴まで出し尽くしていった。

すっかり満足しながら突き上げを弱めていくと、

「アア……」

日向子も声を洩らし、いつしか精根尽き果てたように力を抜いて、グッタリと彼にもたれかかっていた。

玲児は息づく膣内でヒクヒクと過敏に幹を跳ね上げ、彼女の吐息を嗅ぎながらうっとりと余韻を味わった。

「いっちゃった……、こんなに良くなるなんて、思っていなかったのに……」

日向子が荒い息遣いで囁き、たまにビクッと肌を震わせていた。

「ね、どんな特訓をしたの？　コーチはどんな人……？」

彼女が、まだ余韻も覚めやらぬうち、気になっていたに違いないことを訊いてきた。

「自己流だよ。ひたすら速くと念じながら、あれこれ試しただけ」

「そんな、コーチもいないのに、あんな無駄のない動きが出来るなんて……。まるでオリンピック選手と競争したようだった……」

日向子は言いながら、やがて身を起こし、股間を引き離した。

玲児も起き上がり、ティッシュの処理を省略して一緒にベッドを降り、バスルームへと移動した。

シャワーの湯で互いの股間を洗い終えると、もちろん玲児は床に座って目の前に彼女を立たせた。

「オシッコかけて」

「バッカじゃないの、そんなことされたいなんて……」

言うと日向子は呆れたように答えたが、まだ快感がくすぶっているようで、彼の顔に向けて股間を突き出してくれた。

「指で広げて。出るところ見たいから」

さらに玲児がせがむと日向子は股を開いて立ち、両の人差し指でグイッと陰唇を開くと、大きなクリトリスを露出させながら柔肉の内部まで丸見えにさせてくれた。

覗き込んでいると膣口が息づき、小さな尿道口が、回りの肉とともに迫り出すように盛り上がった。

「いいの？　本当に出るよ」

「うん」

答えると、いくらも待たないうちにチョロチョロと熱い流れがほとばしってきた。彼は口を付けて味わい、夢中で喉に流し込んだ。

「あう、バカ、飲むなんて……」

日向子は言ったが、もう流れは止めようもなく勢いよく彼の口に注がれた。

味も匂いも淡いもので、やはり抵抗なく飲み込めた。

しかし量も多いので口から溢れた分が肌を伝い、回復しているペニスを温かく浸した。

「アア……、信じられない、こんなこと……」

日向子が息を詰めて言い、ようやく放尿を終えた。

玲児は余りの雫をすすり、残り香を味わいながら割れ目を舐め回した。すると彼女も興奮を甦らせたように新たな愛液を溢れさせ、ヌラヌラと舌の動きを滑らかにさせた。

味と匂いを堪能しながら大きなクリトリスにチュッと吸い付くと、

「あう！」

彼女は呻くと、自分からビクッと股間を引き離して座り込んだ。

玲児も互いの全身をもう一度洗い流し、一緒に湯に浸かってからバスルームを出た。

そして身体を拭くと、再び二人でベッドに横たわった。

「これからも会えるかな」

「無理だわ。間もなく東京へ行って、大学の合宿に合流するから」

肌を寄せながら訊くと、日向子が答えた。すでに女子体育大学の水泳部に入ることが決まっているのだろう。

「そう、僕も東京へ行くから、たまに時間があれば会おう」

玲児は言ったが、たまたまジムで出会ったから関係を持ったものの、弥生や由香に対するほどの執着はない。

それでも、とにかく彼は二回戦目に入ったのだった。

3

「まあ、鳥塚さん、お名前は伺ってます。でも生憎、由香はお友達と会っていて、夕食するので遅くなります」

玲児が笹山家を訪ねると、由香の母親、真矢子《まやこ》が出てきて言った。

今日は玲児の家に、文芸部の文集が宅配便で届いたのだ。高校時代最後の文集で、もし新年度に廃部なら最後の冊子ということになる。

完成が卒業直後だったので、部長である彼は自宅に届けてもらうよう手配していたのだった。

他の部員数名には郵送してやり、弥生には次に会ったとき渡そうと思っていた。そして由香には、直に持って来てやったのである。

「そうですか。では文集だけお渡ししておきますので、よろしくお伝え下さい」

「どうか、せっかく来て下さったのですからお茶でも」

玲児が言うと真矢子が引き留め、彼も招かれるまま上がり込んだ。

リビングに通され、すぐ彼女が紅茶を淹れてくれた。

確か三十九歳とのことで、セミロングで色白、実に巨乳で尻も魅惑的に豊満だった。

顔立ちも由香に似て整い、玲児はすぐにも真矢子に欲情してきた。

霊の情報によると、短大時代に講師と結婚。そのとき処女だったようだが、すぐ由香が生まれ、あとは亭主一筋だが今はすっかり夫婦の交渉も疎遠になっているらしい。

相当に欲求が溜まり、熟れ肌が妖しく息づいているようだった。

やがて紅茶を二つ淹れ、彼女が向かいに座ってきた。

「由香は同級生なのに、ずいぶん文芸部の部長さんとして鳥塚さんを尊敬しているようです」

彼女が言う。どうやら由香が慕っているように、何かと彼の名が出るので、真矢子も彼の人物を見たくて、家に上げたようだった。

まさか真矢子も、つい先日この家の二階で由香の処女をもらい、勝手にバスルームを使ったことなど夢にも思っていないようだ。

それほど由香も、可憐に見えてしっかり初体験は気取られないようにしているのだろう。

「そうですか。でも見た通り、僕は頼りない男ですから」

「そんなことないわ。すごく雰囲気のある方だなって思います」

真矢子が言った。

もちろん玲児も、霊の力を駆使して魅惑的に見えるよう操作し、彼女の淫気も増すよう念じているのだった。

「鳥塚さんも、由香のことがお好き？」

「ええ、可愛いと思ってます。でも僕はまだ何も知らないから、どうしていいか分からないんです」

玲児は無垢を装って答えた。

「まあ、ではまだ……」

真矢子は、彼が童貞と思い込んで目を丸くした。そして、それなら自分が教えてしまおうかという衝動に駆られたようだった。

「でも何も知らない同士では、上手くいかないのではないかしら」

真矢子が言うので、彼も図々しく切り出した。

「あの、おば様が教えてくれないでしょうか。誰にも内緒で」

「まあ、私でいいの……？」

玲児が言うと、真矢子は願望を射すくめられたように反応しながら答えた。

「ええ、年上の人に教わるのが願いでしたから」

「じゃ、こっちへ来て……」

言うと真矢子は欲望に突き動かされるように言って立ち上がり、彼を奥の寝室に招いた。

セミダブルベッドとシングルが並んでいるが、真矢子はシングルの方だろう。

「あ、僕はシャワー浴びたばかりなので、どうかおば様は今のままでお願いします。自然のままの匂いも知りたいので」

玲児は、真矢子が彼を待たせてシャワーを浴びると予想したので、前もって言っておいた。

「まあ、だってお買い物から戻ったばかりで汗をかいているから」

「どうか、今のままでお願いします」

懇願するように言い、玲児は先に脱ぎはじめてしまった。

すると真矢子も彼の勢いに押されるように、欲望に負けてブラウスのボタンを外しはじめてくれた。

先に全裸になってベッドに横たわり、枕に顔を埋めて嗅ぐと、やはり濃厚な匂いが沁み付いて、胸に沁み込んだ刺激が勃起したペニスを震わせた。

真矢子も手早く一糸まとわぬ姿になると、ためらいなく意を決し、優雅な仕草で添い寝してきた。

しかし、年上の余裕もそこまでのようで、彼が甘えるように腕枕してもらい巨乳に顔を埋めると、

「アア、可愛い……！」

途端に感極まったように声を洩らし、ギュッときつく抱きすくめてきたのだ。

彼も顔中が柔らかな巨乳に埋まり込むと、まるで搗《つ》きたての餅に潜り込んだように心地よい窒息感に噎せ返った。

玲児はもう片方の膨らみに手を這わせ、指の腹で乳首をいじった。

「あう……、教えて欲しいって言っていたけど、実は私は何も知らないのよ。何もかもうちの人のいいなりにしていただけなの。だから、鳥塚さんが好きにしてみてね」

真矢子が囁き、腕を解いて仰向けの受け身体勢になった。

玲児ものしかかり、チュッと乳首に吸い付いて舌で転がし、豊かな膨らみを揉みしだいた。

「アア……、いい気持ち……」

愛撫されるのも久々のようで真矢子が熱く喘ぎ、うねうねと白い熟れ肌を悶えさせはじめた。

彼は左右の乳首を含んで舐め回し、顔中で柔らかな感触を味わった。

さらに腋の下にも鼻を埋め込むと、スベスベのそこは生ぬるく湿り、何とも甘ったるい汗の匂いが濃厚に籠もっていた。

「いい匂い」

「あう、ダメよ、恥ずかしいから……」

玲児が胸を満たして思わず言うと、真矢子がビクリと反応して言った。

彼は充分に嗅いで舌を這わせ、滑らかな熟れ肌を舐め降りていった。

肌はどこも滑らかな舌触りで、彼は形良い臍を探り、張り詰めた下腹に顔を埋めて弾力を味わった。

「ああ、もういいから入れて……」

すると真矢子がすぐにもせがんできた。よほど亭主は愛撫などろくにせず、挿入を急ぐタイプだったのだろう。また、彼もすぐ挿入すると思い、シャワーも浴びないまま肌を許したのかも知れない。

玲児は豊満な腰のラインからムッチリした太腿へ移動し、そのまま脚を舐め降りていった。

「そんなことしなくていいのに……」

彼女は言ったが、無垢ならしてみたいことも山ほどあるのだろうと、懸命に羞恥を堪えて身を投げ出してくれているようだ。

彼は足首まで下り、足裏に回り込んで踵と土踏まずを舐め、指の間に鼻を押し付けて嗅いだ。

やはりそこは汗と脂にジットリ湿り、ムレムレの匂いが濃く沁み付いていた。

玲児は美熟女の足の匂いを貪り、爪先にしゃぶり付いて全ての指の間に舌を割り込ませて味わった。

「あう、ダメ、そんなこと……」

真矢子はペットの悪戯でも叱るように呻き、彼の口の中で指を縮込めた。

玲児は両足ともしゃぶり尽くし、味と匂いを堪能してから股を開かせ、脚の内側を舐め上げていった。

そして量感ある滑らかな内腿をたどり、熱気の籠もる股間に迫ると、

「ま、まさか、舐めるの？　いいのよ、そんなことしなくても……」

真矢子が警戒するように声を震わせた。

「舐められたこと、ないの？」

「そ、それは新婚の頃は少しだけあるけど、そのときはちゃんと湯上がりだったから……」

股間から訊くと、真矢子が身悶えながら答えた。

顔を寄せて目を凝らすと、ふっくらした丘には黒々と艶のある茂みが濃く茂り割れ目からはみ出す陰唇はヌメヌメと潤っていた。

指を当てて陰唇を広げると、かつて由香が産まれ出てきた膣口が、花弁のように襞を入り組ませて息づいていた。小さな尿道口が見え、包皮の下からは小指の

先ほどのクリトリスがツンと突き立っていた。

「ああ、見ないで……、早く入れて……」

真矢子が朦朧としていったが、玲児は吸い寄せられるように顔を埋め込んでいった。柔らかな茂みに鼻を擦りつけて嗅ぐと、生ぬるく甘ったるい汗と、ほのかなオシッコの匂いが蒸れて籠もり、柔肉に舌を這わせると淡い酸味のヌメリが迎えた。

玲児は嗅ぎながら舌先で膣口を探り、クリトリスまで舐め上げていった。

4

「アアッ……、ダメよ……！」

真矢子がビクッと身を弓なりにさせ、内腿でムッチリときつく玲児の両頬を挟み付けてきた。

玲児はチロチロと舌先で弾くようにクリトリスを舐めては、溢れる愛液をすすり、茂みに籠もる悩ましい匂いに酔いしれた。

さらに彼女の両脚を浮かせ、豊満な逆ハート型の尻に迫った。谷間の蕾に鼻を埋め込むと、顔中に柔らかな双丘が密着してきた。

ピンクの蕾には、生ぬるく蒸れた汗の匂いが籠もり、玲児は執拗に嗅いでから舌を這わせ、ヌルッと潜り込ませた。

「あう……！」

真矢子が驚いたように呻き、キュッと肛門で舌先を締め付けてきた。

彼は滑らかな粘膜を探り、充分に味わってから脚を下ろして、再び割れ目に舌を這わせて愛液を舐め取り、クリトリスに吸い付いていった。

「お、お願い、いきそうよ、入れて……」

真矢子が嫌々をしながら熱烈に懇願するので、やはり舌で果てるのは嫌で、若いペニスを味わって果てたいのだろう。

玲児も待ちきれないほど高まってきたので、ここらで一度目の絶頂を味わうことにした。

舌を離して身を起こし、股間を進めて幹に指を添え、張り詰めた亀頭を割れ目に擦り付けてヌメリを与えた。

「アア……」

ようやく挿入されるという悦びと期待に、彼女は股を開いてじっとしていた。

玲児も位置を定めると、ゆっくり感触を味わいながら挿入していった。

急角度に反り返ったペニスは、肉襞の摩擦を受けながらヌルヌルッと滑らかに根元まで吸い込まれていくと、

「あぁッ……、いい……！」

真矢子がビクッと顔を仰け反らせて喘ぎ、モグモグと味わうように締め付けてきた。

玲児は股間を密着させ、脚を伸ばして身を重ねていった。

すると彼女も下から両手を回してしがみつき、気が急くようにズンズンと股間を突き上げてきたのだ。

彼はのしかかり、胸で巨乳を押しつぶし、合わせて腰を動かしはじめた。

何とも心地よい締め付けと温もり、潤いと摩擦を味わいながら玲児はジワジワと絶頂を迫らせていった。

上からピッタリと唇を重ね、感触と湿り気を味わいながら舌を挿し入れ、滑らかな歯並びを舐め回した。

真矢子も歯を開いて受け入れ、生温かな唾液に濡れた舌を滑らかにからみつけてきた。

「アア、もっと突いて、強く奥まで……!」

彼女が口を離して口走り、突き上げを強めてきた。

開かれた口の中は淫らに唾液が上下に糸を引き、鼻を押し込んで嗅ぐと、熱気と湿り気が鼻腔を満たし、甘い白粉に似た刺激が感じられた。

何と上品で気品ある匂いであろう。控えめで、念入りに嗅がないと匂いが分からないほどである。

玲児は美熟女の吐息で胸を満たしながら、いつしか股間をぶつけるように突き動かし続けると、

「い、いきそう……、アア、もっと……」

真矢子が収縮を活発にさせながらせがんだ。

さらに尽きまくると、たちまち真矢子の喘ぎ声が止み、反り返ったまま身を強ばらせた。

そのままヒクヒクと小刻みに痙攣すると、

「アアーッ……、いく、すごい……!」

激しく声を上げ、彼を乗せたままブリッジするように狂おしく腰を跳ね上げ始めた。どうやら、本格的に大きなオルガスムスに達し、しかも久しぶりの快感を

得たようだった。

もう堪らず、続いて玲児も昇り詰めてしまった。

「く……！」

突き上がる快感に呻きながら、熱い大量のザーメンをドクンドクンと勢いよく中にほとばしらせた。

「あう、もっと……！」

奥深くに噴出を感じた真矢子が、駄目押しの快感に締め付けを強めて呻いた。

玲児も甘い吐息を嗅ぎながら摩擦快感を味わい、心置きなく最後の一滴まで出し尽くしていった。

思いもかけず由香の母親とすることが出来、彼はすっかり満足しながら徐々に動きを弱め、真矢子に体重を預けていった。

豊満な熟れ肌は、骨などないかのように心地よく弾んだ。

「アア……」

真矢子も満足げに声を洩らすと、強ばりを解いてグッタリと身を投げ出していった。

膣内が名残惜しげな収縮を繰り返し、刺激されるたび射精直後で過敏になったペニスが、内部でヒクヒクと跳ね上がった。

「あう、もう暴れないで……」

彼女も感じすぎるように言い、幹の震えを押さえるようにキュッときつく締め付けてきた。

玲児はのしかかり、熱く喘ぐ彼女の口に鼻を押し込み、甘い白粉臭の吐息を胸いっぱいに嗅ぎながら、うっとりと快感の余韻を味わった。

「ああ……、まさか、由香の好きな人としてしまうなんて……」

激情が過ぎると、真矢子は急に現実に戻ったように呟いた。

やがて呼吸を整えると、玲児はそろそろと身を起こした。すると真矢子がティッシュを手にし、股間に当ててきたのでペニスを引き抜いた。

さすがに熟女は慣れた感じで、漏れそうになるザーメンを押さえて割れ目を拭いた。

「ね、バスルームへ行きましょう……」

真矢子が言うので、玲児も身を起こす彼女を支えながら一緒にベッドを降り、寝室を出てバスルームに移動した。

中に入ると彼女はまだ力が入らないように椅子に座り込み、シャワーの湯で身体を洗い流した。

玲児も股間を洗ったが、脂が乗って湯を弾く熟れ肌を見るうち、すぐにもムクムクと回復し、たちまち元の硬さと大きさを取り戻してしまった。

「ね、ここに立って」

彼は床に座り込んで言い、目の前に真矢子を立たせた。つい先日、この同じ場所で由香にもさせたことである。

「どうするの……」

「オシッコしてみて。どんなふうに出るのか見たい」

「まあ、無理よ、そんなこと……」

彼の言葉に真矢子がビクリと尻込みしたが、玲児は片方の足を浮かせてバスタブのふちに乗せ、開いた股間に顔を埋めた。

「いい匂いが消えちゃった」

「あう……」

濡れた恥毛に鼻を擦りつけて言うと、真矢子が羞恥にビクリと身を強ばらせて呻いた。

それでも柔肉を舐めると、新たな愛液が溢れ、淡い酸味のヌメリで舌の動きが

滑らかになった。さらにクリトリスに吸い付くと、

「く……、ダメよ、吸ったら本当に漏れちゃいそう……」

真矢子が息を詰めて言った。どうやら刺激で尿意が高まってきたようだ。

なおも吸い付いて舌を這い回らせていると、中の柔肉が迫り出して味わいと温もりが変化してきた。

「あう、出ちゃう……」

そして彼女が言うなり、熱い流れがチョロチョロとほとばしってきたのだ。

舌に受けて味わい、温もりを感じながら喉に流し込んだ。味も匂いも淡く控えめで、実に抵抗なく飲み込むことが出来た。

「アア、ダメ、離れて……」

勢いを増しながら真矢子が言い、ガクガクと膝を震わせて両手で彼の頭に摑まった。

口から溢れた分が心地よく肌を伝い流れ、勃起したペニスが温かく浸された。

それでもピークを過ぎると急に勢いが衰え、やがて放尿が治まってしまった。

玲児は余りの雫をすすり、なおも柔肉を舐め回すと、また新たな愛液が湧き出してきた。

「も、もう止めて……」

真矢子が足を下ろして言い、そのまま椅子に座り込んでしまった。

玲児も残り香を感じながら、再びシャワーの湯で互いの全身を洗い流した。

そして身体を拭くと、また二人で全裸のまま寝室のベッドに戻っていったのだった。

彼女も、まだまだ淫気をくすぶらせているように息を弾ませていた。

5

「ね、またこんなに勃っちゃった……」

仰向けになった玲児が、甘えるように言って幹をヒクヒクさせると、

「まあ、すごいわ……」

真矢子は言って熱い眼差しを注ぎ、そのまま大股開きになった彼の股間に腹這いになってきた。

「いい？　じゃ今度は私が好きにするからじっとしているのよ」

彼女が言って玲児の脚をM字に立て、屈み込んで陰嚢からヌラヌラと舐め回し

てくれた。

熱い息が股間に籠もり、滑らかに蠢く舌が二つの睾丸を転がし、たまに大きく開いた口でチュッと吸われた。

やがて袋全体が生温かな唾液にまみれると、彼女は前進して肉棒の裏側をゆっくり舐め上げてきた。そして先端まで来ると、粘液の滲む尿道口をチロチロ舐め回し、張り詰めた亀頭をくわえて、そのまま喉の奥までスッポリと呑み込んでいった。

「アア、気持ちいい……」

玲児は快感にうっとりと喘ぎ、美熟女の口の温もりと濡れた感触を味わいながら、ヒクヒクと幹を震わせた。

「ンン……」

真矢子も先端を喉の奥にヌルッと受け止めながら小さく呻き、熱い鼻息で恥毛をそよがせ、幹を締め付けて吸い、クチュクチュと念入りに舌をからみ付かせてきた。

「……?」

ふと、玲児は違和感を覚えた。唇と舌の蠢きの他に、もう一つ何か滑らかなものが幹を擦っているのだ。

思わず股間を見ると、真矢子もしゃぶりながら目を上げた。どうやら手には何かを握っているようだ。

「ま、まさか……」

「ええ、そうなの。驚いた？」

真矢子が言い、羞じらいを含んで笑うと前歯のない口が覗いた。

どうやら彼女は、入れ歯を外して亀頭をしゃぶり、上の歯茎でも幹を擦っていたのである。

「交通事故で折ってしまい、今はインプラントにする前の仮歯なの」

彼女が言い、再びペニスを含んだ。

玲児は、その艶めかしさにゾクゾクと興奮を高めた。人工物の歯は上の六本らしく、下の歯や上下の奥歯は自分のもののようだ。

取り外して念入りに洗えるから、真矢子の吐息は匂いが淡かったのだろう。

インプラントにするまでは、こんなテクニックがあるのに、夫とはすっかり疎遠になっているようで、だから彼女も、初めてこのテクを使ったらしい。

彼女は舌と上の歯茎でカリ首を挟んで摩擦し、同時に吸引しながら顔を上下させ、スポスポと強烈な愛撫を続けてくれた。

彼自身は、生温かな唾液にたっぷりまみれて高まった。

「い、いきそう……」

警告を発すると、彼女もすぐに口を離し、手慣れた仕草で素早く入れ歯を装着した。

「お口に出してもいいけど、もう一度入れたいわ」

「ええ、跨いで上から入れて下さい」

答えて言うと、真矢子は身を起こして前進し、モジモジと彼の股間に跨がってきた。どうやら女上位はあまり慣れていないらしい。

唾液に濡れた先端に割れ目を押し付けると、自ら指で陰唇を広げながら膣口に当て、息を詰めてゆっくり腰を沈み込ませていった。

再びペニスは、ヌルヌルッと滑らかに根元まで嵌まり込んだ。

「アア……」

真矢子が顔を仰け反らせて喘ぎ、完全に座り込むと、密着する股間をグリグリ擦りながら、キュッキュッと締め上げてきた。

玲児も温もりと感触を味わい、膣内でヒクヒク幹を震わせながら、両手を伸ばして彼女を抱き寄せた。

真矢子も身を重ね、巨乳を玲児の胸に密着させてきたので、彼も両膝を立てて豊満な尻を支えた。

「ね、もう一度歯を外して」

「恥ずかしいわ……」

彼がせがむと、真矢子はモジモジしながらも義歯を外して手のひらに受け、ティッシュに包んで枕元に置いた。

口を開かせて覗くと、上の歯並びがなくなり、ピンクの歯茎が滑らかに潤っていた。下の綺麗な歯並びは事故の損傷を受けなかったようで、他は虫歯もないようである。

まだ四十歳前で前歯を折るのは大変だっただろうが、現代の医学は本物以上に綺麗に修復してくれることだろう。

「ね、下の歯を僕の鼻の下に引っかけて」

言うと彼女もしてくれ、玲児の鼻は美熟女の口腔に覆われた。鼻の頭に滑らかな歯茎が触れ、さらに真矢子がチロチロと舌を這わせてくれた。

「ああ、気持ちいい……」

玲児は息の白粉臭と、膣の締め付けに高まって喘いだ。

もう堪らずにズンズンと股間を突き上げはじめると、

「アア……！」

真矢子も合わせて腰を遣って喘ぎ、惜しみなく熱く甘い息を近々と吐きかけてくれた。

熱く溢れる愛液が互いの動きを滑らかにさせ、クチュクチュと淫らな摩擦音を響かせながら、互いの股間がビショビショになった。

「ね、唾を垂らして……」

高まりながら言うと、真矢子も僅かに口を離して形良い唇をすぼめ、白っぽく小泡の多い唾液をトロトロと吐き出してくれた。

それを舌に受けて味わい、玲児はうっとりと喉を潤し、甘美な悦びで胸を満たした。

「顔中もヌルヌルにして……」

さらにせがむと、真矢子も高まりに乗じ、ためらいなく彼の顔中にペロペロと舌を這い回らせてくれた。舐めるというより、垂らした唾液を舌で塗り付ける感じで、たちまち玲児の顔中は、美熟女の清らかで生温かな唾液でヌルヌルにまみれた。

「ああ、いきそう……」

玲児が、唾液と吐息の匂い、ヌメリと肉襞の摩擦に高まって喘ぐと、

「私もよ。これはもういいわね」

真矢子も息を弾ませて言い、再び入れ歯を装着した。やはり歯のない口で喘ぐ顔を見られたくないのだろう。

膣内の感触も、それこそ全て歯のない口に含まれているようだった。

股間を突き上げるうち、真矢子も執拗に先端に内壁を擦り付けてきた。

「ここ、感じるわ……」

彼女が、膣内の奥やや左側を先端に突かれて言った。滅多にしない女上位で自由に動けると、急に感じる一点を発見したのだろう。

真矢子はその部分ばかり先端を受けるように腰を遣い、たちまち膣内の収縮を高めていった。

「アア……、い、いっちゃう……！」

彼女は声を上ずらせ、ガクガクと狂おしいオルガスムスの痙攣を開始し、粗相でもしたように大量の愛液を漏らしてきた。

同時に、玲児も彼女の収縮に巻き込まれて昇り詰めてしまった。

「く……！」

大きな絶頂の快感に呻き、ありったけの熱いザーメンをドクンドクンと勢いよくほとばしらせると、

「あう、すごい……！」

奥深くに噴出を感じた真矢子が、駄目押しの快感に呻いてキュッときつく締め上げてきた。

玲児は激しく股間を突き上げ、美熟女の唾液と吐息の匂いに包まれながら、心ゆくまで快感を味わった。そして最後の一滴まで出し尽くし、満足しながら突き上げを弱めていくと、

「アア……」

真矢子も声を洩らし、熟れ肌の強ばりを解きながらグッタリともたれかかってきた。

玲児は彼女の重みと温もりを受け止め、まだキュッキュッと収縮する膣内で、ヒクヒクと過敏に幹を跳ね上げた。そして真矢子の熱く甘い吐息を胸いっぱいに嗅ぎながら、うっとりと余韻に浸り込んでいった。

すると彼女が股間を引き離し、顔を移動させていった。

湯気が立つほど愛液とザーメンにまみれた亀頭にしゃぶり付き、念入りに舌で綺麗にしてくれたのだ。

「あうう……、も、もういいです、有難うございました……」

玲児は股間に熱い息を受けてクネクネと腰をよじり、過敏に幹を震わせながら降参するように言ったのだった……。

第五章　人妻のミルク

1

「ね、卒業旅行しない？　叔母のペンションが高原にあるから」

夜、玲児は由香の電話を受けた。叔母というのは真矢子の妹で、美和子《みわこ》という三十四歳の主婦だった。

「明日の晩一泊だけ。ちょうど他の予約もないので貸し切りよ。ただ女性専用ペンションなので、鳥塚君はバイトとして少し力仕事を手伝ってほしいって、叔母が言うの」

「うん、いいよ。じゃ明日の朝に」

玲児は快諾して答えた。

卒業旅行といっても実に少人数で、メンバーは由香と仲の良い明菜と、あとは文芸部の秋本香苗《あきもとかなえ》という子だった。

香苗は由香と高校になってからの友人で、今回も同じ女子大に進学が決まっているという。お下げ髪の眼鏡っ子で、由香と同じぐらい幼げな美少女。玲児もたまに香苗の面影で抜いたこともあった。

やがて玲児はそれを楽しみにし、眠くなるまで執筆にかかった。

そして翌朝、玲児は朝食を終えるとシャワーを浴び、一泊だけだからほとんど手ぶらで家を出た。

駅で三人の女子と合流すると、皆で電車で移動し、特急に乗り換えて高原駅まで行った。

香苗は少々引っ込み思案で、明るい由香や派手な明菜に話しかけられるたびモジモジと答え、たまにチラと玲児の方を見ていた。彼も、香苗はまだ処女なのだろうと思った。

高原駅に着くと、もう美和子のワゴンが待っていてくれた。

美和子も、真矢子や由香に似た美形で胸もボリュームがあった。

玲児は助手席に乗り、美和子の甘ったるい体臭を感じて股間が疼いた。

スタートしてペンションに移動すると、間もなく看板が見えてきて駐車場に入った。

真矢子が早々と嫁いだため、美和子は婿養子をもらってペンションの裏の家で両親と住み、夫は高校教師をしているとのことだった。

中に入ると、実にこぢんまりとしたペンションで、二階は二部屋とベランダだけ。階下には広いリビングと大きなバスルーム、あとは食堂や管理人の部屋などがあった。

パスタとスープの昼食を済ませると、女子三人は買い物に出かけていった。

「玲児君は、進学なの？」

片付けを手伝っていると、美和子が訊いてきた。

「いえ、浪人したのですが、実は作家デビューが決まったので、大学は辞めてすぐ働きます。出版社が神田にワンルームマンションを借りてくれるので」

「まあ、すごいわ。順調にいくといいわね」

美和子が、生ぬるく甘ったるい匂いをさせて答えた。ショートカットで、おっとりした真矢子より活発な感じだ。

「由香にも好かれているようだけど、でももしかして、童貞？」

美和子が、悪戯っぽく彼の顔を覗き込んで言った。やはり小柄で優しげな顔だから、無垢に見えるのだろう。

実は貴女の姉と姪まで抱いているんですよ、と言いたかったが、無垢なふりの方が得するような気がした。

「え、ええ、どうにも女の子と面と向かうと緊張しちゃって……」

「そう、せっかく女の子たちと来たのだから、積極的にしないと。それに小説家になるなら、色々知っていないといけないでしょう」

美和子が目をキラキラさせて言う。

「そうなんです。でもまだ何も知らないので……」

モジモジと答えながらも、玲児は彼女が好むようなオーラを発散した。

「私が教えましょうか。あの子たちも夕方まで戻らないだろうし」

「え……？　本当ですか。でも色々バイトをしないと……」

「そんなのどうでもいいわ。来て」

美和子が言い、奥の部屋に彼を招いた。そこは六畳の和室で、布団が敷かれて甘ったるい匂いが立ち籠めていた。

「私は夜、あとは由香に任せて裏の家へ帰るから、今夜はここで寝るといいわ。娘たち三人は二階だから、同じ階でない方がいいでしょうから」

美和子は、一応未成年同士ということで気遣うように言い、すぐにもエプロンを外し、シャツを脱ぎはじめた。

夫しか知らなかった真矢子と違い、美和子は奔放に過ごしてきたようで、セックスも抵抗なくスポーツ感覚に近いのかも知れない。

「さあ、脱いで。初体験よ。それとも私じゃ嫌？」

「い、嫌じゃないです。お願いします」

玲児は激しく勃起しながら答え、手早く脱いでいった。

先に美和子の匂いの沁み付いた布団に横になりながら、霊を飛ばして美和子の心理状態を調べてみた。

やはり子が出来てから夫とは夫婦生活もなくなり、相当に欲求が溜まっているようだ。夫も今は春休みだが、顧問のクラブ活動を引率して合宿に出向いているらしい。

そして美和子は玲児を見た途端、急に欲情して手ほどきしたくなったようだった。もちろんそれは玲児による淫気の操作なのであるが。

たちまち美和子も一糸まとわぬ姿になり、健康的な裸身を晒して添い寝してきたので、すぐに彼も腕枕してもらった。

すると、驚くことが二つあった。

一つは、美和子が腋毛をそのままにしていたこと。もう一つは濃く色づいた乳首から、ポツンとした白濁の雫が浮かんでいることだった。

（ぼ、母乳……）

玲児は感動して勃起した幹を震わせた。美和子に会った最初から感じていた甘ったるい匂いは母乳だったようだ。赤ん坊は、今は裏の母屋で両親が面倒を見ているのだろう。

恐らく子が出来てから育児と仕事に専念し、ムダ毛の処理をする余裕もなく、すっかり夫とのセックスもなくなっていたようだった。

「いいわ、してみたいことが山ほどあるでしょう。好きにして」

美和子が囁き、玲児は腋の下に鼻を埋め、腋毛の感触と濃厚に甘ったるい汗の匂いに包まれながら、巨乳に手を這わせていった。

「あう……、汗臭いでしょう……、すぐ入れてくるかと思ったからシャワーも浴びなかったのに……」

美和子がクネクネと身悶えながら言い、熱く息を弾ませはじめた。

玲児は腋毛に鼻を擦りつけて体臭を貪ってから、仰向けになった彼女の胸に迫った。

雫の滲む乳首にチュッと吸い付いたが、なかなか母乳は出てこない。

あれこれ吸い方を試すうち、やがて唇で強く乳首の芯を挟み付けて吸うと、ようやく生ぬるく薄甘い母乳が舌を濡らしてきた。

いったん要領を得るとどんどん分泌され、彼は甘ったるい匂いで胸を満たしながら喉を潤した。

「アア、飲んでるの？　嫌じゃないのね……」

美和子が喘ぎながら言い、自らも豊かな膨らみを揉んで分泌を促した。

玲児がうっとりと飲み込み続けると、心なしか張りが和らいで出が悪くなったので、もう片方の乳首に吸い付いた。

そちらも吸い出して喉を潤し、彼は充分に美人妻の母乳を味わった。

そして滑らかな肌を舐め降り、臍から下腹、腰の丸みからムッチリした脚を舌でたどっていった。

すると脛には、まばらな体毛もあって、また彼は興奮を高めた。

舌を這わせて足首まで下りてゆき、足裏も舐め回して指の間に鼻を押し付けて嗅ぐと、やはり汗と脂の湿り気と、濃厚に蒸れた匂いが沁み付いていた。

充分に鼻腔を刺激されてから、爪先にしゃぶり付いて順々に指の股に舌を割り込ませると、

「あう、汚いのに……」

美和子はビクリと反応して呻いた。

玲児は、もう片方の足指も味と匂いを貪り尽くし、やがて大股開きにさせて脚の内側を舐め上げていった。

白く滑らかな内腿をたどり、股間に迫ると恥毛が情熱的に濃く茂り、割れ目からはみ出す陰唇がヌメヌメと潤っていた。

指で広げると、息づく膣口からは母乳に似た白っぽい愛液が滲んでいた。クリトリスも大きめで、ピンクの肛門の周りにもまばらな毛があって何とも艶めかしく、やはり自然のままが一番良いのだと実感した。

しかも出産で息んだ名残か、ピンクの肛門はレモンの先のように突き出て、実に興奮をそそる形をしていた。

彼は美和子の両脚を浮かせ、先に尻の谷間に鼻を埋め込んでいった。

顔中を白い双丘に密着させ、蕾に籠もる蒸れた匂いを貪ってから、チロチロと舌でくすぐり、ヌルッと潜り込ませて滑らかな粘膜を味わった。

「あう……、そんなところ舐めなくていいのよ……」

美和子は、呻いて言ったが拒むようなことはせず、肛門でモグモグと彼の舌先を締め付けてきた。

2

「ああ……、変な気持ち……」

美和子が熱く喘ぎ、白い肌をヒクヒクと震わせた。肛門を舐められるのは初めてなのか、少なくともシャワー前にされるのは初体験なのかも知れない。

玲児は舌を出し入れさせるように動かし、甘苦いような微妙な味覚を堪能してから、脚を下ろして割れ目に迫っていった。

濃く密集する茂みに鼻を擦りつけて嗅ぐと、隅々には汗とオシッコの匂いが濃厚に蒸れて籠もり、悩ましく鼻腔を刺激してきた。

胸を満たしながら舌を這わせると、割れ目内部は愛液が大洪水だった。

舌先で膣口の襞をクチュクチュと探り、柔肉をたどってクリトリスまで舐め上げていくと、

「アアッ……！」

美和子がビクッと震えて喘ぎ、内腿でムッチリときつく彼の両顔を挟み付けてきた。

玲児も執拗にクリトリスを舐め回しては吸い付き、泉のように溢れる淡い酸味の愛液をすすった。

「も、もういいわ……、いきそうよ、今度は私にさせて……」

美和子が絶頂を迫らせたように言って身を起こしてきたので、玲児も股間から這い出し、入れ替わりに仰向けになった。

すると美和子が顔を寄せ、勃起したペニスを貪るようにしゃぶり付いてきた。

「ンン……」

喉の奥まで呑み込んで鼻を鳴らし、幹を締め付けて強く吸い、熱い息を股間に籠もらせてネットリと舌をからみつけた。

さらに顔を上下させ、スポスポと強烈な摩擦を繰り返し、

「ああ……、気持ちいい……」

玲児も快感に喘ぎながら、生温かな唾液にまみれた幹を震わせた。

「い、いきそう……、跨いで入れて下さい……」

すっかり高まりながら言うと、美和子もスポンと口を離して身を起こし、前進して跨がってきた。

やはり早く一つになりたかったようで、彼女は頬を上気させて息を弾ませながら、先端に割れ目を押し当ててきた。そして息を詰め、ゆっくり腰を沈めて若いペニスを膣口に受け入れていった。

ヌルヌルッと滑らかに根元まで納めると、

「アア、いい気持ち……!」

美和子が顔を仰け反らせて喘ぎ、味わうようにキュッと締め付けてきた。

玲児も温もりと感触を味わい、両手を伸ばして抱き寄せた。すると彼女も身を重ね、上からピッタリと唇を重ねてきた。

舌をからめ、生温かな唾液をすすりながらズンズンと股間を突き上げると、

「ンンッ……!」

美和子が熱く呻き、合わせて腰を遣いはじめた。

すぐにも互いの動きが一致し、ピチャクチャと淫らな摩擦音が響いた。

「ああ、いきそうよ……、すごくいい……」

美和子が淫らに唾液の糸を引いて口を離し、熱く喘ぎながら腰の動きと収縮を強めていった。溢れる愛液が彼の肛門の方にまで生温かく伝い流れ、玲児もジワジワと絶頂を迫らせた。

美和子の熱い吐息は濃厚な花粉臭と、淡いオニオン臭の刺激を含み、これも自然のままで悩ましく彼の鼻腔を掻き回してきた。

「唾飲ませて……」

言うと彼女も懸命に口に溜め、顔を寄せてクチュッと吐き出してくれた。

玲児は生温かく小泡の多い粘液を味わい、うっとりと喉を潤した。

「ミルクも顔にかけて……」

さらにせがむと、美和子は豊かな胸を突き出して乳首をつまみ、ポタポタと新たな母乳を滴らせてくれた。無数の乳腺からも、霧状になったものが顔中に降りかかった。

玲児は甘ったるい匂いとヌメリに包まれながら股間を突き上げ、

「い、いく……！」

とうとう昇り詰めて口走り、熱いザーメンを勢いよく噴き上げてしまった。

「あう、いく……！」

するとと噴出を感じた美和子も声を洩らし、あとは無言で息を詰め、ガクガクと狂おしいオルガスムスの痙攣を開始した。

急激に高まる収縮の中、玲児は心ゆくまで快感を味わい、最後の一滴まで出し尽くしていった。

満足しながら突き上げを弱めていくと、

「アア、こんなに感じたの初めて……」

美和子も硬直を解いて言い、グッタリともたれかかってきた。

まだ収縮が続いて、入ったままのペニスがヒクヒクと過敏に反応した。

玲児は彼女の喘ぐ口に鼻を押し込み、濃厚な吐息を嗅ぎながらうっとりと余韻に浸り込んだ。

これで、真矢子と美和子という姉妹、真矢子と由香という母娘とセックスしてしまったことになり、玲児は感無量であった。

「まだ中で勃ってるわ。ね、いっぱいミルク飲んでもらったから、今度は私に飲ませて」

美和子が言って身を起こし、股間を引き離した。

そしてティッシュで割れ目を拭いながらペニスに屈み込み、愛液とザーメンにまみれた亀頭にしゃぶり付いてきた。

「ああ……」

玲児は喘ぎ、無反応期を越えて淫気を高めた。

通常だと回復に時間もかかるし、今夜も何か良いことがあるだろうからセーブしたかったが、今は霊の力を借りて絶頂を迫らせていった。

たちまち美人妻の口の中で唾液にまみれながら、ペニスは最大限に膨張した。

「ンン……」

美和子は顔を上下させ、スポスポと摩擦を開始した。

玲児も我慢することなく、すぐにも絶頂を迎えてしまった。

「あう、いく……」

口走ると同時に大きな快感に貫かれ、彼はドクンドクンと勢いよく射精し、美和子の喉の奥を直撃した。

「ク……」

彼女も噴出を受け止めて呻き、上気した頬をすぼめてチューッと強く吸い出してくれた。

「アア、気持ちいい……」

玲児は股間を突き上げながら喘ぎ、最後の一滴まで出し尽くしていった。

出なくなると美和子も動きを止め、含んだまま口に溜まったザーメンをゴクリと一息に飲み干してくれた。

「あう……」

キュッと締まる口腔に刺激され、玲児は呻きながらグッタリと身を投げ出したのだった……。

——身繕いを済ませると、玲児はまた美和子と二人で作業を再開した。

風呂の準備を終えると、あとは夕食の仕度だ。彼もエプロンを借り、調理を手伝った。

「すごいわ、その包丁さばき……」

玲児が、超一級の料理人の霊を宿して素早く鮮やかに野菜を刻むと、美和子が感嘆した。

さらに調味料を手早く選んで手際よく調理していくと、

「作家より、料理人でも生きていけるわね……」

彼女が目を丸くして言った。

そうするうち日が傾き、三人の女子たちも賑やかに帰ってきた。

「お土産いっぱい買えたわ。わあ、いい匂い」

由香が入ってきて言い、明菜と香苗もキッチンから漂う匂いで急に空腹を覚えたようだ。

「すごいのよ。お夕食の料理は全部、玲児君が作ったの。私は何も手を出さなかったぐらい」

美和子が、我が事のように得意げに言った。

「わあ、そうなの？　じゃお風呂はあとにして、先に夕食にしたいわ」

由香が言うと、明菜と香苗も同じ気持ちになったらしく、皆で手だけ洗って食堂に集まってきたのだった。

「じゃ由香、あとはお願いね。私は家に戻るから、明日の朝また来るわ。火の元だけ注意してね」

夕食の仕度が調うと、赤ん坊や両親の世話がある美和子は言い、裏の母屋へと引き上げていった。

そして四人で、玲児が腕を奮った豪華な料理を囲んだのだった。

「ね、後片付けは私たちがしておくから、先にお風呂に入ってきて」

由香が言い、三人とも料理に満足したようだった。

玲児も言葉に甘え、先に風呂に入って歯を磨き、放尿も済ませて準備万端にしておいた。

3

そしてシャツと短パン姿でリビングに戻ると、三人の女子は誰も入浴しようとせず、由香と明菜は目をキラキラさせ、香苗は緊張気味に俯きながらも、チラチラと玲児を見つめてきた。

いつの間にか三人は、高校時代の体育で使う、動きやすく赤いジャージ姿になっていた。

「ね、香苗はまだ何も知らないのだけど、二人きりは恐いというので、私たちみんなで香苗の初体験の手伝いをしたいの」

由香が言い、玲児は期待と興奮に胸を高鳴らせた。やはり女三人で、今夜どうするか打ち合わせていたようだ。

昼間、美和子を相手に二回射精しているが、こんな素晴らしい展開になるのなら、特に霊の力など借りなくても、何度でも出来そうだった。

「うん、もちろんいいけど」

「じゃ奥の部屋に行きましょう」

由香が言い、全員で管理人室の和室に移動した。やはりベッドより、布団の方が大勢では動きやすいのだろう。

もう洗い物も戸締まりも済ませ、必要な場所以外は灯りも消した。

そして和室も天井の照明を消し、二つのスタンドを点けた。

まだ室内には、情事の残り香があるかも知れないが、たちまち三人の女子の混じり合った体臭が立ち籠め、誰も気づかないようだった。

まさか女子三人とも、昼間ここで玲児と美和子が濃厚なセックスをしたとは夢にも思わないだろう。

「じゃ脱いで寝てね。私たちは、お風呂も歯磨きも後回しにした方が、鳥塚が悦ぶと思って、そうしたんだ」

明菜が言い、彼女たちもジャージを脱ぎはじめていった。

玲児も期待しながら手早く全裸になり、布団に仰向けになった。

香苗がためらいなく全裸になっていったので、これが処女を失う本当の卒業旅行にするつもりのようだ。恐らく香苗が、それを由香に相談して今回の実現になったのだろう。

香苗も、初体験の相手が玲児で構わないと思い、由香も玲児への独占欲ではなく、親友に彼を貸すような誇らしい心理状態になり、さらに最も大人っぽい明菜の手助けも加えたようだった。

たちまち三人とも一糸まとわぬ姿になって、惜しみなく健康的な肢体を露わにさせた。

みな最後の入浴は昨夜で、今日はあちこち歩き回っただろうから、混じり合って部屋に籠もる生ぬるい匂いだけで、玲児はムクムクと最大限に勃起してしまったのだった。

「あ、香苗ちゃん、メガネだけはかけておいて」

玲児が、見慣れた顔の方が興奮すると思って言うと、

「そうよ、よく見えた方がいいから」

明菜も言い、香苗は全裸にメガネだけかけ直した。そして三人が、仰向けになった彼を取り囲んできたのである。

「すごい勃ってるわ……」

由香が言い、玲児は三人分の熱い視線を受けながら幹をヒクヒクさせた。

「まだそこは最後よ。他を味わってから」

リーダーらしい明菜が言い、まずは屈み込んで、彼の乳首にチュッと吸い付いて舌を這わせてきた。すると反対側から、由香も同じように舐め回し、熱い息で肌をくすぐってきた。

「ああ、気持ちいい……」

玲児は圧倒される思いで、複数の刺激に身悶えて言った。

彼の右側から明菜が屈み込み、左側には由香と香苗がいた。由香が口を離して促すと、すぐに香苗も、由香の唾液に濡れた乳首を舐め回し、無邪気に吸い付いてくれた。

三人とも、肌をくすぐる息や舌の蠢き、温もりなどが微妙に異なり、そのどれにも彼は反応してクネクネと悶えた。

「アア、嚙んで……」

言うと、みな順々に彼の左右の乳首に綺麗な歯をキュッと立て、甘美な刺激を与えてくれた。

さらに舌と歯で彼の肌を下降し、脇腹にも歯が食い込み、そのたびに玲児はウッと息を詰めて興奮を高めた。何やら三人の美少女たちに、全身を食べられていくような心地だ。

メインは左右の明菜と由香だが、たまに香苗が交代してソフトな愛撫をしてくれた。

そして三人は腰から太腿、脚まで舐め下りていったのである。

まるで日頃彼が女性に行う愛撫の手順のようで、やがて足裏が舐められ、爪先にもしゃぶり付いてきた。

「あう、そんなことしなくていいのに……」

玲児は申し訳ないような快感に呻いて言ったが、別に三人は彼を感じさせようとして愛撫しているのではなく、あくまで自分たちの意思で男を賞味しているようだった。

両足指の股に、順々に清らかに濡れた舌がヌルッと割り込むと、何やら生ぬるいヌカルミでも踏んでいるような気分だった。

香苗も厭わず二人に倣って彼の爪先をしゃぶり、たちまち三人がかりで全ての指が唾液にまみれた。

やがて玲児は大股開きにさせられ、女子たちの舌が脚の内側を舐め上げ、内腿にもキュッと歯が立てられた。

「あう、もっと強く……」

彼が言うと、三人は交互に内腿を嚙んでくれた。しかも一点だけキュッと強く嚙むのではなく、モグモグと咀嚼するように動かしながら位置も移動するので、本当に隅々まで食べられているようだった。

三人が頰を寄せ合いながら股間に迫ると、混じり合った熱い息が中心部に籠もった。

すると明菜が彼の両脚を浮かせ、オシメでも替えるような格好にさせた。

そして左右の尻の丸みを舐め、歯を立てると、明菜が最初にチロチロと肛門を舐め、ヌルッと潜り込ませてきた。

「く……」

玲児は快感に呻き、肛門で明菜の舌先を締め付けた。

彼女が舌を離すと、今度は由香が同じように潜り込ませ、内部で舌を蠢かせた。

舌を肛門で立て続けに味わうと、やはり微妙な蠢きとヌメリの違いに彼は激しく高まった。

香苗も舌を這わせ、ヌルッと侵入させた。

処女の舌を肛門で味わい、玲児はヒクヒクと幹を震わせて粘液を滲ませた。

脚が下ろされると、今度は陰囊が順々にしゃぶられた。睾丸が転がされ、袋全体は三人分のミックス唾液に生温かくまみれた。

そして、いよいよ三人がペニスに迫ってきた。

「これが男のものよ。入ると、最初は少し痛いけど、すごく気持ち良くなるんだから」

明菜が説明し、香苗も熱心に熱い視線を注いでいた。

やがて明菜と由香が幹に舌を這わせて舐め上げると、香苗も割り込むようにして舌で触れてきた。

「ああ……」

玲児は三人の舌先を幹の裏側や側面に感じ、夢のような快感に喘いだ。

三人は、混じり合った熱い息を彼の股間に籠もらせ、頰を寄せ合って張り詰めた亀頭も舐めてくれた。

もう通常とは違う興奮状態で、女同士の舌が触れ合っても全く気にならないようだった。

三人は代わる代わる、粘液の滲む尿道口をペロペロ舐め回し、また玲児は微妙な感触やヌメリの違いに高まった。

亀頭がミックスされた唾液にまみれると、まず先に明菜がスッポリと喉の奥まで呑み込み、幹を締め付けて吸い、口の中でクチュクチュと舌をからませてから、手本でも示すようにスポンと引き抜いた。

すると由香が同じように含んで吸い、充分にしゃぶってからチュパッと引き離した。

香苗も恐る恐る迫り、亀頭を含むとモグモグと呑み込んできた。

そして吸い付きながら舌をからめると、たちまち玲児は絶頂を迫らせた。

「出し入れするように動かしてあげて」

明菜が言うと、香苗も喉の奥を突かれるほど含んで顔を上下させた。

由香と明菜も顔を寄せて側面や陰嚢を舐め、玲児も小刻みに股間を突き上げると、とうとう大きな絶頂の快感に全身を貫かれてしまった。

「い、いく……、ああ、気持ちいい……！」

彼がガクガクと痙攣して口走ると、

「飲んであげて」

明菜が言い、玲児も思い切り処女の喉の奥へ熱い大量のザーメンをドクンドクンとほとばしらせた。

無垢な口を汚すのは、何とも言えない快感であった。その間、明菜と由香も協力して周囲に舌を這わせてくれたのだった。

4

「ク……、ンン……!」

熱い噴出で喉の奥を直撃された香苗が、眉をひそめて噎せそうに呻くと、すぐにスポンと口を引き離してしまった。

すると明菜が亀頭をくわえ、余りを吸い出してくれた。

「アア……」

玲児は快感に身悶えながら、心置きなく最後の一滴まで出し尽くした。

香苗は、口に飛び込んだ分を反射的に飲み込んでくれたようだ。そして明菜も全て吸い出すと口を離し、ゴクリと喉を鳴らした。

由香も幹をニギニギして余りを絞り出し、尿道口の雫を舐め回してくれた。

「あうう、も、もういい、有難う……」

三人がかりの、何とも贅沢なフェラに、玲児は腰をくねらせて降参し、ヒクヒクと過敏に幹を震わせた。

ようやく由香も舌を引っ込めると、彼は身を投げ出して力を抜き、荒い息遣いを繰り返した。

「ね、回復するまで、してほしいこと言って」

明菜がチロリと舌なめずりして言い、最も濃い第一撃を飲み込んだ香苗も、それほど気持ち悪そうな表情はしていなかった。

「顔に足を乗せて」

「いいわ」

まだ喘ぎと動悸が治まらないまま彼が言うと、明菜が答え、二人を促して立ち上がった。そして三人が仰向けの玲児の顔の周りに立つと、実に下からの眺めが壮観だった。

みな同級生の十八歳、それが全裸でニョッキリと健康的な脚を伸ばして立ち、内腿の間に艶めかしい割れ目を覗かせているのである。

三人分の熱気が、悩ましく玲児の顔を包み込んできた。

そして三人は互いの身体を支え合い、そろそろと片方の足を浮かせると、同時に彼の顔に足裏を乗せてきた。

「アア……」

さすがに三人一度だと、迫力と興奮に彼は喘いだ。

それぞれの足裏が鼻や頬、口に触れ、感触を伝えてきた。

玲児は順々に舌を這わせ、三人分の指の間に鼻を割り込ませて嗅いだ。

みな恐らく昨夜の入浴以来洗っておらず、今日は遠出をしてきて買い物で歩き回っていたから、誰も指の股は生ぬるい汗と脂に湿り、ムレムレになった匂いが濃く沁み付いていた。

彼はうっとりと三人分の足の匂いで胸を満たし、ペニスは萎える間もなくムクムクと最大限に勃起した。

順々に爪先にしゃぶり付くと、

「あん……」

香苗がビクリと反応して喘ぎ、よろけながら明菜にしがみついた。

やがて三人分の指の股をしゃぶり尽くすと、足を交代してもらい、彼は新鮮な味と匂いを心ゆくまで貪ったのだった。

「じゃ、顔を跨いでしゃがんで」

口を離して言うと、やはり明菜が真っ先に跨がり、和式トイレスタイルでしゃがみ込んできた。

M字になった脚がムッチリと張り詰め、丸みを帯びた割れ目が鼻先に迫った。すでにはみ出した陰唇がヌメヌメと潤い、間から光沢あるクリトリスが顔を覗かせていた。

腰を抱き寄せて恥毛に鼻を埋めると、蒸れた汗とオシッコの匂いが生ぬるく鼻腔を刺激してきた。

充分に嗅ぎながら舌を挿し入れ、淡い酸味のヌメリを味わい、膣口からクリトリスまで舐め上げていくと、

「アア、いい気持ち……」

明菜が熱く喘ぎ、ヒクヒクと柔肉を蠢かせた。

後が控えているから、彼も感じさせるためと言うより、味と匂いを堪能しただけで尻の真下に潜り込み、顔中にひんやりした双丘を受け止めながら谷間の蕾に鼻を埋めて嗅いだ。

そこも蒸れて秘めやかな匂いが籠もり、彼は胸いっぱいに吸い込んだ。

そして舌を這わせてヌルッと潜り込ませ、滑らかな粘膜を探ると、

「あう……」

明菜が呻き、キュッと肛門で舌先を締め付けてきた。

玲児が内部で舌を蠢かせ、やがて口を離すと、心得たように明菜も名残惜しげに股間を引き離し、場所を空けた。

次に由香が跨いでしゃがみ込んだので、迫る割れ目を見上げると、やはり清らかな蜜がヌラヌラと湧き出していた。

彼は若草の丘に鼻を埋め、甘ったるく蒸れた汗の匂いを貪り、微かに混じる残尿臭を貪りながら舌を這わせた。

「あん……！」

クリトリスを舐められた由香が喘ぎ、思わず座り込みそうになって両足を踏ん張った。

割れ目を舐め、味と匂いを堪能してから尻の真下に潜り込み、谷間の蕾に鼻を埋めて匂いを貪って舌を這わせた。

どうしても処女が待っていると思うと気が急いてしまい、やがて舌を離すと由香も股間を引き離した。

すると、ドキドキして見ていた香苗が息を震わせて跨がり、脚をM字にさせてしゃがみ込んで無垢な割れ目を迫らせてきたのだった。

「アア……」

恐らく生まれて初めて股間を見られ、香苗が羞恥に声を洩らした。

恥毛は淡く、縦長の割れ目から僅かに花びらがはみ出し、指で広げると処女の膣口が息づき、清らかな蜜を宿して潤っていた。クリトリスも小粒で、包皮の下から僅かに顔を覗かせているだけだ。

腰を抱き寄せて柔らかな恥毛に鼻を埋めて嗅ぐと、やはり生ぬるく蒸れた汗とオシッコの匂いに、恥垢のチーズ臭も淡く混じって鼻腔を刺激してきた。

（ああ、処女の匂い……）

玲児は無垢だった頃の由香の匂いを懐かしむように思い、胸を満たしてから舌を這わせていった。

膣口の襞をクチュクチュ掻き回し、濡れて滑らかな柔肉をたどってクリトリスまで舐め上げていくと、

「あう……！」

香苗がビクッと反応して呻き、キュッと股間を押しつけてきた。

「気持ちいいでしょう?」

クリトリスをチロチロ舐められている香苗に、明菜が囁いた。

やがて玲児は処女の味と匂いを貪ってから、尻の真下に潜り込んで谷間の蕾に鼻を埋め込んだ。すると蒸れた汗の匂いに混じり、ほんのりビネガー臭も混じって鼻腔を刺激してきた。

彼は胸を満たしてから舌を這わせ、細かに収縮する襞を濡らし、ヌルッと潜り込ませて滑らかな粘膜を探った。

「あん……!」

香苗が喘ぎ、キュッと肛門で舌先を締め付けてきた。

「もういいでしょう。すごく勃ってるわ。入れたい」

明菜が言い、勃起したペニスにしゃぶり付いてヌメリを与えた。

玲児も舌を離すと、香苗が股間を引き離して傍らに座り込んだ。

明菜がペニスに跨がり、先端に割れ目を押し付け、位置を定めると息を詰めてゆっくり腰を沈み込ませていった。

たちまちペニスはヌルヌルッと滑らかに根元まで呑み込まれ、

「アアッ……、いい……!」

明菜も顔を仰け反らせて喘ぎ、ピッタリと股間を密着させて座り込んだ。

そんな様子を、香苗が息を呑んで見つめていた。

彼女はキュッキュッと味わうように締め付け、何度か股間を擦り付けてから身を重ねてきた。

玲児は顔を上げ、潜り込むようにして明菜の左右の乳首を含んで舌で転がし、添い寝させた由香と香苗の胸も引き寄せ、それぞれの乳首を舐め回した。

そして彼が三人分の乳首を味わっているうち、明菜が腰を動かしながら、溢れる愛液で律動を滑らかにさせていった。

さらに玲児は、三人分の腋の下にも鼻を埋め込んで嗅ぎ、生ぬるく湿って濃厚に甘ったるい汗の匂いに噎せ返った。

さすがに三人ともなると匂いが濃く混じり合い、その刺激だけで彼も危うく果てそうになってしまった。

「い、いっちゃう、気持ちいい……、アアーッ……！」

たちまち明菜が声を上ずらせて喘ぎ、大量の愛液を漏らしながらガクガクと狂おしいオルガスムスの痙攣を開始してしまった。

膣内の収縮と摩擦が増したが、何とか玲児は堪えきった。

やがて明菜が身を震わせながらも、それ以上の刺激を避けるように股間を引き離してゴロリと横になると、由香が跨がってきた。

そして明菜の愛液にまみれ、湯気の立つ先端に割れ目を押し当て、ゆっくりと座り込んだ。すると微妙に温もりと感触の違う膣内に、彼自身はヌルヌルッと滑らかに呑み込まれていった。

5

「アアッ……、すごい……」

由香が根元まで受け入れ、ぺたりと座り込んで喘いだ。

明菜とは温もりと感触が異なり、締め付けも強いが、玲児は最後に待っている処女のため暴発を堪えた。

そして由香も、膣感覚でのオルガスムスに到ることもなく、香苗の前で手本を示しただけで、何度か腰を動かすと止めて股間を引き離した。

すると明菜が呼吸を整えて身を起こし、精根尽き果てたわけではない由香も、明菜と反対側に座って玲児を挟んだ。

「さあ、自分で上から入れてごらん」

明菜が言うと、最後に残った香苗も恐る恐る彼の股間に跨がり、ゆっくりしゃがみ込んできた。

その香苗を、左右から明菜と由香が支えてやった。

「一度してしまえば、あとはするたびに気持ち良くなるからね」

明菜が囁き、香苗も小さく頷きながら、二人分の愛液にまみれた先端に割れ目を押し付けてきた。

「こわいわ……」

「大丈夫、これだけ濡れているんだからスムーズに入るからね」

触れ合うと香苗がビクリと反応して言ったが、明菜が慰め、由香も支えてやっていた。

そして香苗も意を決し、ゆっくり腰を沈み込ませていくと、張り詰めた亀頭が潜り込み、あとは重みと潤いでヌルヌルッと根元まで潜り込んでいった。

「あう……！」

香苗が眉をひそめ、顔を仰け反らせて呻いたが、完全に座り込んできた。

玲児も、きつい締め付けと肉襞の摩擦を味わい、急激に高まった。

すると香苗が、上体を起こしていられないように身を重ねてきた。

さらに左右からも明菜と由香が添い寝して密着すると、玲児は上と左右から女子たちに囲まれ、心地よい温もりに包まれた。

彼は香苗の顔を抱き寄せ、愛らしいお下げの眼鏡っ子に唇を重ねた。

柔らかく神聖な感触と唾液の湿り気を味わい、

「ベロを出して」

囁くと、香苗もチロリとピンクの舌を伸ばしてくれた。

明菜と由香も左右から舌を伸ばし、玲児は三人分の滑らかな舌を舐め回し、混じり合った唾液をすすった。

「もっと唾を出して」

言うと左右から交互に明菜と由香が身を乗り出して口を寄せ、白っぽく小泡の多い唾液をクチュッと彼の口に吐き出してくれた。香苗も懸命に唾液を分泌させると屈み込み、愛らしい唇をすぼめてトロリと滴らせてきた。

玲児は三人分の生温かなミックス唾液を味わい、うっとりと飲み込んで酔いしれた。各自はほんの少量でも、三人分ともなると充分なヌメリと味わいが喉を潤した。

「息も吐きかけて……」

さらにせがむと、三人とも口を開いて生温かな息を吐いてくれた。

みな基本は甘酸っぱい果実臭だが、夕食の名残で淡いオニオン臭やガーリック臭も混じり、何とも悩ましい刺激となって彼の鼻腔を刺激し、混じり合って胸に沁み込んできた。

「ああ、いい匂い……」

玲児は嗅ぎながらうっとりと酔いしれ、両膝を立てるとズンズンと股間を突き上げはじめていった。

「アア……」

香苗も喘いだが、ヌメリが充分なので、すぐにも律動は滑らかになり、クチュクチュと湿った摩擦音も聞こえてきた。

「唾をかけて……」

高まりながら言うと、明菜がペッと彼の顔に唾液を吐きかけ、由香もしてくれると、香苗も懸命に従った。

湿り気あるかぐわしい息を顔中に受け、それぞれの唾液の固まりがピチャッと鼻筋や頬を濡らした。

「顔中ヌルヌルにして……」

さらに言うと、三人は顔を寄せ合い、彼の顔を濡らした唾液をさらに舌で塗り付け、たちまち玲児の顔中はミックス唾液でヌラヌラとまみれた。

そして小刻みに股間を突き上げるうち、とうとう玲児は混じり合った甘酸っぱく濃厚な匂いと、香苗の締め付けと摩擦の中で、激しく昇り詰めてしまったのだった。

「く……！」

溶けてしまいそうに大きな快感に呻き、ありったけの熱いザーメンをドクンドクンと内部にほとばしらせると、

「アア……」

香苗が噴出を感じたように喘いだ。まだ本格的な快感には程遠いかも知れないが、これで処女を卒業したという満足感を得たように、合わせて無意識に腰を動かしてくれた。

玲児は三人の温もりに包まれながら快感を噛み締め、心置きなく最後の一滴まで出し尽くしていった。内部に満ちるザーメンに、さらに動きがヌラヌラと滑らかになっていた。

そして満足しながら徐々に突き上げを弱めていくと、

「ああ……」

香苗も小さく声を洩らし、破瓜の痛みも麻痺したように力を抜き、グッタリと彼に体重を預けてきた。

玲児はきつい膣内でヒクヒクと幹を過敏に震わせ、三人分の甘酸っぱい吐息と唾液の匂いを嗅ぎながら、うっとりと快感の余韻を味わった。

やがて呼吸も整わないまま、香苗がそろそろと股間を引き離してゴロリと横になると、明菜が覗き込んだ。

「出血はほんの少しだわ。この次からは痛みも和らいで、だんだん良くなってくるからね」

明菜が言い、お姉さんのように優しくティッシュで割れ目を拭いてやり、由香は屈み込んで愛液とザーメン、処女の血が少量付いた亀頭にしゃぶり付いて舌をからませてくれた。

「あう、いいよ、有難う……」

玲児は腰をよじらせながら呻いた。

これで昼間に美和子の膣と口、夜は三人に二回、計四回射精したのだった。

さすがに深い満足を感じ、彼は顔じゅう三人分の唾液の匂いとヌメリを残したまま、眠ることにした。

彼が全裸のまま布団を引き寄せて掛けると、三人は下着やジャージを持って立ち上がり、

「じゃおやすみ。楽しかったわ」

明菜が言って部屋の灯りを消し、三人は部屋を出てバスルームへと移動していった。

風呂となると三人分のオシッコも欲しかったが、味わえば興奮し、もう一回射精することになろう。どうせ、また皆は明朝に入浴するだろうから、そのときの楽しみにした。

今日の三人は、みな月末までに上京し、都内での一人暮らしになる。

玲児も間もなく神田に住むことになるので、またこの三人とはいつでも会えるだろう。

次に会うときは、三人とも女子大生だ。

やがて暗い部屋で目を閉じ、玲児はしばし余韻に浸っていたが、間もなく深い睡りに落ちていったのだった……。

――翌朝、まだ暗いうちに玲児は目覚め、起きてバスルームに行くと、ゆっくり湯に浸かりながら歯を磨いた。

まだ昨夜の三人の体臭が残り、バスルーム内には甘ったるい匂いが立ち籠め、彼は朝立ちの勢いも手伝い、激しく欲情してきてしまった。

すると、別に玲児の物音に気づいたわけでもないだろうが、間もなく二階から三人が降りてきてバスルームに入ってきたのである。やはり一人ではないから楽しくて、すぐ目覚めたのだろう。

「わあ、もう起きてるわ」

由香が玲児を見て言った。

みな、すでに全裸で歯ブラシを持っている。香苗も昨夜の行為を後悔する様子もなく、みなと同じく目をキラキラさせていた。メガネのない素顔は、実に可憐な美少女である。

玲児は湯から上がって口をすすぎ、このままここで一回しようと思い、胸を高鳴らせた。

どうせ、美和子がやってくるのは六時半過ぎになるだろう。

時間はまだ充分にある。

そして三人とも、彼を見てすぐにも興奮を高まらせたようだった。

「みんな待ってて。湯に浸かるのと歯磨きはあとで」

玲児は言い、広い洗い場の床に仰向けになり、洗面器を裏返して枕にした。

「すごいわ、勢いよく勃ってる」

明菜が言い、三人も言われた通り歯ブラシを置いて、仰向けの彼を取り囲んできたのだった。

第六章　先生との卒業式

1

明菜が言い、由香や香苗と一緒に、仰向けの玲児の顔を取り囲むように座ってきた。

「どうしたいの?」

「寝起きの息を嗅がせて」

「変なの……」

勃起した幹をヒクヒクさせながらせがむと、香苗が小さく言い、それでも明菜と由香が屈み込むとそれに倣った。

玲児は、開いた口を寄せて息を吐きかけてもらい、三人それぞれの熱く湿り気ある吐息で鼻腔を満たした。さすがに昨夜は寝しなに磨いただろうが、寝起きのため、みな甘酸っぱい匂いが濃厚になって、悩ましい刺激が彼をうっとりと酔わせた。

さらに顔を引き寄せて順々にチロチロと舌をからめ、最後は四人で息を籠もらせて舌を舐め合った。

玲児は、三人分の混じり合った吐息と唾液を吸収して高まった。

さらに三人に、歯磨き粉を付けずに歯を磨かせ、口に溜まった歯垢混じりの唾液も全て飲ませてもらった。

明菜と由香は平気だが、香苗は眉をひそめながらもトロトロと吐き出してくれたのだった。

玲児が美少女たちのミックスシロップで喉を潤すと、彼女たちも順々にペニスに屈み込んでしゃぶってくれ、彼も顔に跨がらせて淡い匂いのする濡れた割れ目を舐め回した。

「ね、オシッコかけて……」

やがて玲児は身を起こして座り、目の前と左右に彼女たちを立たせた。

「そんな、出るかな……」

香苗が尻込みして言ったが、彼の正面に立った明菜が股間を突き出し、自ら指で陰唇を広げ、由香も横から同じようにしたので、後れを取るまいと慌てて股間を突き出してきた。

自分だけ出し遅れると、全員の注目を浴びると思ったのだろう。

そして三人とも、まだトイレには行っていないようだった。

正面に明菜、左右から由香と香苗が割れ目を迫らせ、彼は順々に舌を這わせて淡い酸味のヌメリを貪った。

「あう、出るわ……」

さすがに一番度胸のある明菜が呻いて言い、柔肉を蠢かせた。

舌を這わせると、すぐにもチョロチョロと熱い流れがほとばしった。

続いて由香の割れ目からもポタポタと熱い雫が滴り、間もなく一条の流れとなっていった。

「く……、出ちゃう……」

玲児が順々に流れを舌に受けて味わうと、
ようやく香苗も、それほど遅れることなく言ってか細い流れを注いできた。

朝一番なので、みな味も匂いも濃く、しかも一人を味わう間に二人分の流れが肌を温かく濡らした。

匂いも三人分が混じると悩ましく鼻腔が刺激され、彼は肌を伝い流れる温かな流れで勃起したペニスを心地よく浸した。

充分に喉を潤すと、三人も流れを治めた。彼は滴る雫をすすり、残り香の中で割れ目を舐め回した。

「アア……、いい気持ち……」

明菜が言ったが、もう立っていられずにしゃがみ込み、彼も再び仰向けになると、また三人が取り囲んできた。

「私は、今日は入れなくていいわ。朝から本格的にいくと一日中グッタリしちゃうから」

明菜が言うと、香苗も今日は挿入までしたくないようだ。

すると由香がペニスに跨がり、ゆっくり腰を沈めてヌルヌルッと滑らかに根元まで受け入れていった。

「ああッ……」

由香が喘ぎ、すぐに身を重ねてきたので、彼も膝を立ててしがみついた。

下から由香に唇を重ねると、明菜と香苗も床に四つん這いになって顔を寄せ、一緒になって舌をからめてくれた。

玲児はズンズンと小刻みに股間を突き上げ、床の心地よい摩擦を味わって高まりながら、左右にも手を伸ばし、二人のクリトリスをいじってやった。

「ンン……」

三人が呻き、混じり合った熱い息に彼の顔中が濡れるほど湿った。

歯磨きをしたので吐息の果実臭は淡くなったが、それでも三人分だから悩ましい刺激となり、玲児は急激に絶頂を迫らせていった。

愛液を付けた指の腹で、小さく円を描くように二人のクリトリスをいじり続けると、

「い、いきそう……」

明菜が口走り、香苗もクネクネと身悶えながら大量の蜜を漏らしてきた。

そして由香も腰を遣いながらヌメリで動きを滑らかにさせ、

「き、気持ちいいわ、すごく……」

舌を引っ込めて熱く口走った。膣内の収縮も活発になり、彼女の動きが激しくなっていった。

「く……！」

とうとう玲児は昇り詰めて呻き、今日一番の快感の中でドクンドクンと熱い大量のザーメンをほとばしらせてしまった。

「あ、熱いわ……、アアーッ……！」

由香も噴出を感じると声を上ずらせ、ガクガクと狂おしいオルガスムスの痙攣を開始したのだった。昨夜は果てないまま終えていたので、その分を取り戻すように激しく感じたようだ。

すると、何と同時に明菜と香苗までクリトリスをいじられ、ガクガクと激しく身悶えはじめたのである。

「い、いく……！」

「いい気持ち……、ああーッ……！」

明菜と香苗が熱く喘ぎ、大量の愛液を漏らしながら彼の方へ突っ伏してきた。

玲児は三人分の悩ましい吐息を嗅いで、締め付けの中で快感を嚙み締めて動きながら、心置きなく最後の一滴まで出し尽くしていった。

満足しながら突き上げを弱めていくと、

「ああ……」

由香も声を洩らして強ばりを解き、グッタリともたれかかってきた。

「も、もういいわ……」

「ダメ……」

明菜と香苗も、ヒクヒクと敏感に震えて言ったので、彼はそれぞれのクリトリスから指を離してやった。

そして玲児は由香の息づく膣内で幹を過敏に震わせ、三人分の甘酸っぱい吐息と唾液の匂いに包まれながら、うっとりと力を抜いて快感の余韻に浸り込んでいったのだった。

由香が荒い呼吸を繰り返しながら、そろそろと股間を引き離していった。

すると明菜がノロノロと身を起こして香苗の顔を引き寄せ、

「舐めて綺麗にしてあげて」

囁くと、香苗も素直に愛液とザーメンにまみれた亀頭をしゃぶってくれたのだった。

「あう……」

玲児は呻き、処女を失ったばかりの香苗の滑らかな舌遣いにクネクネと腰をよじった。

ようやく香苗が顔を上げ、呼吸を整えると皆で身を起こし、大きなバスタブに一緒に浸かって温まった。

そして湯から上がって身体を拭き、身繕いして四人でリビングに行くと、もうすっかり明るくなり、間もなく美和子が来たのだった。

また玲児が手伝い、手際よく朝食の仕度を済ませると、四人で食事を囲んだのだった。

今日は昼過ぎに予約客が来るらしいので、四人は昼食前に引き上げることになっている。

「じゃ十時にお茶をして解散にしましょう」

「はい、それまで仕度をして二階にいるわ」

美和子が後片付けしながら言うと由香が答え、女子三人は二階へと引き上げていった。

「ゆうべ誰かと何かなかった？」

美和子が、熱っぽい眼差しを向けて玲児に訊いてきた。

「ええ、僕はすぐ寝ちゃったし、三人は二階で遅くまでお喋りしていたようだけど、別に何も」

「そうよね。一対一じゃないんだし、三人もいたら何も出来ないわね」

玲児が答えると、美和子も納得したように頷いた。

彼女は、玲児が三人を相手に夜も朝も濃厚な４Ｐをしたなど、夢にも思っていないようだ。

そして名残惜しげに彼を和室に誘い入れ、隅に畳んで置いた布団を広げた。

2

「お別れなんて残念だわ。また来てくれるかしら……」

「ええ、もちろん」

熱い息で囁かれると、玲児も激しく勃起しながら答えた。

どうせ三人は時間まで、仕度やお喋りで降りてこないだろうし、仮に降りてきても音で気づくので、すぐ取り繕えるだろう。

「ね、脱いで……」

美和子が迫って言うので、玲児もズボンと下着だけ脱ぎ、下半身を丸出しにして布団に仰向けになった。

「まあ、こんなに勃って、嬉しいわ……」

美和子が熱い視線を注いで言い、自分もスカートをめくり、手早く下着を脱ぎ去りながら屈み込んできた。

舌先で尿道口をチロチロと探り、張り詰めた亀頭にしゃぶり付きながら、スッポリと根元まで呑み込んでいった。

「アア……」

玲児は喘ぎながら、彼女の下半身を引き寄せた。

すると美和子も亀頭をくわえながら身を反転させ、女上位のシックスナインで彼の顔に跨がってきた。

下から豊満な腰を抱き寄せて見上げると、早くもはみ出した陰唇がヌメヌメと潤いはじめていた。

潜り込むようにして濃い茂みに鼻を擦りつけて嗅ぐと、生ぬるく湿って蒸れた汗の匂いが悩ましく鼻腔を刺激してきた。

柔肉に舌を這わせて淡い酸味をすすり、光沢あるクリトリスを舐め回すと、目の上にあるレモンの先のように突き出たピンクの肛門が、艶めかしくヒクヒクと収縮した。

「ンン……」

美和子が深々と含んで吸い付き、舌をからめながら熱く呻き、鼻息で陰嚢をくすぐった。

さらに彼は顔を上げて伸び上がり、白く豊満な双丘にも鼻を埋め込み、蕾の匂いを貪り、舌を這わせてヌルッと潜り込ませた。

「あう、いいわ、そこは……、それより入れたいわ……」

舌で滑らかな粘膜を探ると、彼女がキュッと肛門で舌先を締め付けて言った。

ようやく彼が口を離すと、美和子も身を起こして向き直り、女上位で跨がってきた。

唾液に濡れた先端に割れ目を擦り付け、位置を定めてゆっくり腰を沈み込ませると、たちまち彼自身は、肉襞の摩擦と締め付けを受けながら、ヌルヌルッと滑らかに根元まで呑み込まれていった。

「アアッ……！　いいわ、奥まで届く……」

美和子が顔を仰け反らせて言い、密着した股間をグリグリと擦り付けた。

「ね、お乳飲みたい……」

彼も温もりと感触に高まりながら言うと、美和子はすぐに胸を開いた。

授乳のため開きやすくなっていたのだろう。フロントホックのブラを外すと、ブラの内側には乳漏れパッドが装着してある。

すでに濃く色づいた両の乳首からは、白濁した母乳の雫が滲みはじめていた。

抱き寄せてチュッと乳首に吸い付き、雫を舐めながら唇で挟むと、すぐにも生ぬるく薄甘い唾液が舌を濡らしてきた。

「アア、もっと飲んで……」

美和子が巨乳を揉んで母乳を搾り、緩やかに腰を動かしながら喘いだ。

玲児も左右の乳首を交互に含み、母乳を飲み込みながらズンズンと股間を突き上げはじめた。

「アア……、すぐいきそうよ、すごく気持ちいいわ……」

美和子が収縮を強めながら喘ぎ、動きを激しくさせていった。大量の愛液が動きを滑らかにさせてクチュクチュと摩擦音を立て、溢れた分が彼の陰嚢から肛門にまで生ぬるく伝い流れてきた。

玲児は充分に母乳を味わってから顔を引き寄せ、下からピッタリと唇を重ね、ネットリと舌をからみつかせた。

「ンン……」

美和子も熱く呻いて舌を蠢かせ、彼は生温かく滑らかな舌触りと、滴る唾液をすすって高まった。

二人ともほとんど着衣で、肝心な部分だけ深々と繋がっているというのが実に淫らで良かった。もっとも三人が二階いるので、互いに全裸になるのは控えていたのだ。

突き上げを早めていくと、

「アア……、もっと深く突いて……」

美和子が唾液の糸を引いて口を離し、熱く喘いだ。

湿り気ある吐息は、今日はシナモンに似た匂いを含み、悩ましく彼の鼻腔を刺激してきた。

互いに気が急くように、セーブすることなく股間をぶつけ合うように激しく動き続けると、

「い、いく……、アアーッ……!」

たちまち美和子が声を上ずらせ、ガクガクと狂おしいオルガスムスの痙攣を開始してしまった。続いて玲児も巻き込まれるように、大きな絶頂の快感に全身を貫かれていた。

「く……！」

呻きながら、ありったけの熱いザーメンをドクンドクンと勢いよくほとばしらせると、

「あう、出ているのね。もっと……」

美和子が呻いて締め付け、まるで飲ませた母乳を補充するかのように貪欲にザーメンを吸収していった。

玲児は心ゆくまで快感を噛み締め、最後の一滴まで出し尽くした。

満足しながら突き上げを弱めていくと、

「ああ……、良かったわ、すごく……」

美和子も熟れ肌の硬直を解いて喘ぎ、グッタリと力を抜いて遠慮なく彼に体重を預けてきた。

まだ膣内が名残惜しげにキュッキュッと収縮を続け、玲児は美人妻の熱く濃厚な刺激を含んだ口臭を嗅ぎながら、内部でヒクヒクと過敏に幹を震わせ、うっとりと余韻を味わったのだった。

「さあ、ゆっくりもしていられないわね……」

やがて壁の時計を見た美和子が言い、ノロノロと身を起こした。

そして股間を離すとティッシュで割れ目を拭いながら屈み込み、なおも貪欲に濡れたペニスにしゃぶり付いてきたのだ。

「あう、も、もういいです……」

玲児はクネクネと腰をよじらせ、降参するように言った。

ようやく美和子も身を起こし、乱れた服と髪を直し、少し間、室内の鏡で顔を確認した。

玲児も起きて身繕いをし、布団を畳んで隅に重ねた。

二人で部屋を出ると、美和子はコーヒーの仕度をした。玲児は、一泊だけなので昨日のままの下着と靴下だし、土産も買わないので、往復とも身軽な手ぶらであった。

間もなく十時近くなり、二階から三人が降りてきて、玲児と美和子の情事など夢にも思わずコーヒーを飲んだ。

やがて特急列車の時間が近づくと、一同はペンションを出て、戸締まりをした美和子の車で駅まで送ってもらった。

「じゃお世話になりました」

玲児は心から感謝を込めて美和子に言うと、三人も挨拶をした。

「じゃ気をつけて、良い大学生活をね。またいつか必ず来て下さい」

美和子も笑顔で答え、やがて車で帰っていった。

そして四人は構内に入り、間もなく来た特急列車に乗った。

「私も上京する前に、春休み中に免許の合宿に行こうかな……」

明菜が言い、由香と香苗は、すぐにも都内の近所同士にあるアパートに引っ越すらしい。

玲児も、編集者の口利きで神田の手頃なワンルームマンションに住むことになっていて、最初は社の方で家賃を立て替えてもらっても、すぐ連載で返せる見込みになっていた。

もう両親にも話し、納得してもらっているが、

「お前、そんな小説の才能あったっけ……」

父親などは相当に驚いていたものだ。

やがて四人は、順調に東京へと着いた。そこで四人はレストランに入り、少し遅めの昼食を済ませた。

「良い卒業旅行だったわね」

「ええ、私も」

明菜が言うと、香苗も答えた。

やがて店を出て二人と別れると、玲児と由香は途中まで一緒に帰った。

「大勢も楽しいけど、やっぱり二人きりになりたいわ」

「うん、また近々連絡するからね」

玲児は由香に答え、やがて別れてそれぞれの家へと帰ったのだった。

3

「もうすぐ東京へ行っちゃうのね。由香も行ってしまうから寂しいわ」

真矢子が、気が急くように脱ぎながら玲児に言った。

「ええ、でも何かと帰ってきます。そう遠くはないんだから」

先に全裸になった彼は、美熟女の匂いがたっぷり沁み付いた枕とベッドに横になりながら答えた。

今日は、由香が香苗と一緒に東京のアパートを見に行ってしまったので、真矢子から呼び出しメールをもらい、昼過ぎに訪ねてきたのだ。

「高原のペンションでは、由香と仲良くなれた？」

真矢子も、見る見る白い熟れ肌を露わにしながら訊いた。

「ええ、だいぶ良い感じになれました。あとは東京で頑張りますので。でも美和子さんも綺麗ですね」

玲児は言いながら、実は貴女の妹も抱いちゃったんですよと心の中で思った。

「そう、美和子も元気にしていたようね。由香は女子大だから、他の男に目移りしないので積極的にね」

真矢子は、最後の一枚を脱ぎ去りながら言った。

あるいは将来、玲児が由香と一緒になり、自分が彼の義母になるような思いを描いているのかも知れない。

そして、もう世間話を終えると彼女もベッドに上ってきた。

「こんなに勃って……」

真矢子が屹立したペニスを見て言い、待ちきれないように屈み込むと、幹に指を添えて張り詰めた亀頭にしゃぶり付いた。

舌先で丁寧に尿道口を舐め回し、丸く開いた口でスッポリと喉の奥まで呑み込むと、生温かく濡れた口腔をキュッと締め付けて吸い、熱い息を股間に籠もらせてきた。

「ああ、気持ちいい……」

口の中でクチュクチュと舌がからみつくように蠢くと、玲児は快感に喘ぎ、唾液にまみれた幹をヒクヒク震わせた。

「ンン……」

彼女も熱く鼻を鳴らし、顔を上下させてスポスポと貪るような摩擦を繰り返したが、充分に唾液にまみれると、スポンと口を離して添い寝してきた。

真矢子が仰向けになって身を投げ出すと、玲児は上になってのしかかり、左右の乳首を交互に含んで舌で転がし、顔中を柔らかな巨乳に押し付けて感触を味わった。

「アア……、いい気持ちよ……」

彼女が熱く喘ぎ、クネクネと身悶えはじめた。

玲児は両の乳首を充分に味わってから、腕を差し上げて腋の下に鼻を埋め込んで嗅いだ。

事前にメールで、シャワーを浴びないよう言っておいたので、真矢子もしっかり約束を守ってくれ、今日も生温かく湿った腋には甘ったるい汗の匂いが濃厚に籠もっていた。

そして白い熟れ肌を舐め降り、臍を舐めて張り詰めた下腹に顔を押し付けて弾力を味わうと、豊満な腰のラインから脚を舐め降りていった。

ワイルドだった美和子と違い、真矢子は実にスベスベの肌をし、性格も正反対のようで、貪欲さよりも実に羞じらいを含んだ反応が良かった。

足首まで行って足裏に回り、舌を這わせて指の間に鼻を割り込ませて嗅ぐと、やはり午前中は買い物で動き回ったらしく、そこは生ぬるい汗と脂にジットリ湿り、蒸れた匂いが濃く沁み付いていた。

匂いを貪ってから爪先にしゃぶり付き、全ての指の股に舌を潜り込ませて味わうと、

「あう……！」

真矢子がビクリと反応して呻いた。

彼は両足とも味と匂いを貪り尽くし、大股開きにさせて脚の内側を舐め上げていった。

白く滑らかな内腿をたどって割れ目を見ると、はみ出した陰唇はネットリとした大量の愛液に潤っていた。玲児は堪らず股間に顔を埋め込み、柔らかな茂みに鼻を擦りつけて嗅いだ。

隅々には、蒸れた汗とオシッコの匂いがたっぷりと籠もり、悩ましく彼の鼻腔を刺激してきた。

胸を満たしながら舌を挿し入れ、淡い酸味のヌメリを掻き回して、かつて由香が生まれてきた膣口の襞から、ツンと突き立ったクリトリスまでゆっくり舐め上げていくと、

「アアッ……！」

真矢子が身を反らせて喘ぎ、量感ある内腿でムッチリときつく彼の両頬を挟み付けてきた。

玲児は執拗にチロチロとクリトリスを舐め、味と匂いを堪能してから彼女の両脚を浮かせ、豊満な尻の谷間に迫っていった。

双丘に顔中を密着させて谷間の蕾に鼻を埋めると、やはり蒸れた汗の匂いが沁み付いていた。舌を這わせてピンクの蕾を舐め、ヌルッと潜り込ませて滑らかな粘膜を味わうと、

「あう、ダメ……」

真矢子が呻き、キュッと肛門で舌先を締め付けてきた。

玲児は中で舌を蠢かせ、再び割れ目に戻ってヌメリをすすった。

「い、入れて、お願い……」

クリトリスを舐め回すと、すっかり高まった彼女が腰をくねらせてせがんだ。

ようやく彼も、美熟女の前も後ろも味わい尽くして身を起こした。

「ね、後ろから入れてみたい」

言うと、彼女も素直にうつ伏せになり、四つん這いで尻を突き出してきた。

玲児は膝を突いて股間を進め、バックから先端を膣口に押し付け、ヌルヌルッと滑らかに潜り込ませていった。

「アア……！」

根元まで押し込むと、真矢子が白い背中を反らせて喘ぎ、キュッと締め付けてきた。

股間を密着させると、豊満な尻の丸みが当たって弾み、何とも心地よかった。

玲児は肉襞の摩擦と温もり、潤いと締め付けを味わいながら腰を前後させ、さらに背中に覆いかぶさり、髪の匂いを嗅ぎながら、両脇から回した手でたわわに揺れる巨乳を揉みしだいた。

「い、いいわ、もっと突いて……」

真矢子も尻を前後させて口走り、溢れる愛液で動きを滑らかにさせた。

しかし、やはり顔が見えないので物足りず、玲児はバックを味わっただけで身を起こし、いったんヌルッと引き抜いた。

「あう……」

快楽を中断され、不満げに呻く彼女を横向きにさせ、上の脚を真上に持ち上げた。そして下の内腿を跨ぐと、今度は松葉くずしで挿入し、上の脚に両手でしがみついた。

「ああ……、いい気持ち……」

横向きのまま彼女は熱く喘ぎ、腰をくねらせた。

互いの股間が交差しているので密着感が高まり、膣内と同時に擦れ合う内腿の感触も充分に得られた。

何度か動いてから、また玲児は引き抜いて彼女を仰向けにさせた。

最後に正常位で深々と貫き、身を重ねていくと、

「もう抜かないで……」

真矢子が下から両手で激しくしがみついて言い、ズンズンと股間を突き上げてきた。

玲児も股間をぶつけるように、本格的に腰を突き動かしはじめた。

そして上から唇を重ねて舌をからめ、生温かな唾液に濡れて蠢く美熟女の舌を味わった。

「アア、いきそうよ……」

高まった真矢子が唾液の糸を引いて口を離し、熱く喘いだ。

彼女の吐息は白粉のような甘い刺激を濃厚に含み、悩ましく玲児の鼻腔を掻き回してきた。

やがて彼もすっかり高まり、クチュクチュと淫らな摩擦音を響かせながら締め付けの心地よさに昇り詰めてしまった。

「く……！」

快感に呻きながら、熱いザーメンをドクンドクンと勢いよく注入すると、

「あ、熱いわ、いく……、アアーッ……！」

噴出を感じた真矢子もオルガスムスのスイッチが入り、ガクガクと狂おしい痙攣を繰り返しながら喘いだ。

玲児は強まった収縮の中で快感を味わい、心置きなく最後の一滴まで出し尽くしていった。そして満足しながら、徐々に動きを弱めて熟れ肌にもたれかかっていくと、

「ああ……、良かった……」

真矢子も熟れ肌の強ばりを解いて喘ぎ、グッタリと力を抜いて身を投げ出していった。

玲児が体重を預けて呼吸を整えると、まだ収縮する膣内に刺激され、過敏になった幹がヒクヒクと中で跳ね上がった。そして彼は、湿り気あるかぐわしい吐息を嗅ぎながら、うっとりと快感の余韻に浸り込んでいったのだった。

4

「いよいよ明日、東京へ行ってしまうのね……」

メールで打ち合わせてからハイツを訪ねると、弥生が寂しげに玲児に言った。

「ええ、でもなるべく帰るつもりですから」

彼は早くも欲情しながら答え、メガネ美女の教師を見つめた。

玲児は、明日から神田のワンルームマンションで暮らすのだ。

初の長編も出来上がって送信したし、間もなくデビュー雑誌の掲載号も出る頃である。

桜の蕾も膨らみ、もう三月も下旬に差し掛かっていた。

布団や鍋釜、食器類などは編集者が揃えてくれた。だから玲児も、僅かな着替えやパソコンだけ、明日の午後着で送っておいたので、明朝すぐに上京するつもりだった。

「じゃ脱ぎましょう」

玲児は話を切り上げて言い、先に手早く脱ぎ去ると、ベッドに横になった。

枕に沁み付いた美人教師の匂いを嗅ぎながら勃起していると、弥生も脱ぎはじめてくれた。

「ね、鳥塚君、お願いがあるの」

「ええ、何でも言って下さい」

脱ぎながら彼女が言うので、玲児も答えた。

「今日は、私の言う通りにしてくれる？」

「分かりました」

意を決したように、レンズの奥から彼女が言うので、玲児も期待にゾクゾクと胸を震わせながら頷いた。

やがて弥生も最後の一枚を脱ぎ、メガネはそのままベッドに横たわってきた。

そして仰向けになると、彼女は大胆に股を開いてきたのである。

緊張と羞恥に声を震わせ、弥生はまずクンニリングスを要求してきた。

「舐めて……」

玲児も屈み込み、真っ先に彼女の股間に顔を埋め込んでいった。

柔らかな恥毛に鼻を擦りつけて嗅ぐと、生ぬるく蒸れた汗とオシッコの匂いが悩ましく鼻腔を刺激してきた。

彼はうっとりと胸を満たしながら舌を這わせ、すでに淡い酸味のヌメリが溢れている割れ目内部を掻き回した。

息づく膣口の襞を舐め、味わいながら滑らかな柔肉をたどってクリトリスまで舐め上げていくと、

「アアッ……！」

弥生が弓なりに身を反らせて喘ぎ、内腿でムッチリと彼の顔をきつく挟み付けてきた。彼も腰を抱え込んでチロチロと舌先でクリトリスを弾き、新たに溢れる愛液をすすって、美人教師の味と匂いを心ゆくまで堪能した。

さらに両脚を浮かせ、尻の谷間に鼻を埋め、蒸れた匂いを貪りながらピンクの蕾に舌を這わせた。

「く……！」

ヌルッと潜り込ませて粘膜を味わうと、弥生が顔を仰け反らせて呻き、キュッと肛門で舌先を締め付けてきた。

やがて玲児が、弥生の前も後ろも充分に舐めると彼女が脚を下ろした。

「入れて、すぐに……」

彼女が言うと、玲児も身を起こして股間を進めた。今日だけは何か思うところがあるらしく、彼は弥生の言う通りにした。

先端を濡れた割れ目に擦り付けて潤いを与え、位置を定めると正常位でゆっくり挿入していった。

張り詰めた亀頭が潜り込むと、あとはヌルヌルッと滑らかな肉襞の摩擦を受けながら、彼自身は根元まで潜り込んで股間が密着した。

「アァッ……！」

弥生が喘ぎ、キュッときつく締め付けてきた。

玲児は温もりと感触を味わいながら、まだ身を重ねず、彼女の両足をM字に折り曲げて左右の爪先を嗅いだ。

やはりここは、舐めたり嗅いだりしなければいけない場所である。

指の股は汗と脂に湿り、ムレムレの匂いが濃く沁み付いてきた。

彼は左右とも爪先を嗅いでしゃぶり、全ての指の股を味わった。

しかし弥生は、膣感覚に専念しているように、レンズの奥でじっと目を閉じていた。

やがて両足とも味わうと、彼は弥生の脚を置いて身を重ね、屈み込んで左右の乳首を含んで舐め回した。

ツンと勃起した乳首を舌で転がし、顔中で張りのある膨らみを味わい、もちろん腋の下にも鼻を埋め込んで、生ぬるく湿って甘ったるい汗の匂いを貪ってから舌を這わせた。

すると弥生が下から両手を回してしがみつき、自分からズンズンと股間を突き上げはじめたのだ。

玲児も合わせて腰を突き動かし、何とも心地よい摩擦とヌメリを味わった。

「ああ、いい気持ち……」

弥生が息を弾ませて喘ぎ、彼も高まりながら上から唇を重ねていった。

ネットリと舌をからめ、生温かく清らかな唾液に濡れた舌を味わい、次第に腰の動きを速めていった。

すると弥生が口を離したので、彼は喘ぐ口に鼻を押し込んで嗅いだ。美人教師の吐息は熱く湿り気を含み、花粉のような刺激を濃厚に籠もらせ、悩ましく鼻腔を掻き回してきた。

「ね、お願い、鳥塚君。お尻を犯してみて……」

「え……？」

突然弥生が言うので、思わず玲児も動きを止めて訊き返した。

「大丈夫かな……」

「一度してみたいの。それが、今日の一番のお願い」

弥生は、相当に強い決心で言っているようで、彼も興味を覚えた。

あるいは彼女は、卒業して旅立つ玲児に、アヌス処女という餞別をくれようとしているのかも知れない。

彼が身を起こしてヌルッとペニスを引き抜くと、弥生は自分で両脚を浮かせて抱え、白く豊満な尻を突き出してきた。

見ると、ピンクの蕾が割れ目から滴る愛液にヌメヌメ潤い、息づくような収縮を繰り返していた。彼も愛液に濡れた先端を蕾に押し当て、呼吸を計りながら押し込んでいった。

タイミングが良かったのか、張り詰めた亀頭がズブリと潜り込むと、可憐な蕾が襞を伸ばして丸く押し広がり、ピンと張り詰めて光沢を放った。

「あう……、いいわ、奥まで来て……」

弥生が微かに眉をひそめて呻き、彼もズブズブと根元まで挿入していった。

彼女が懸命に口呼吸して括約筋を緩めると、さらにヌメリにも助けられ、やがて彼自身は深々と潜り込んでしまった。

玲児の股間に弾力ある尻の丸みが密着し、膣内とはまた違う感触がペニスを包み込んだ。

「大丈夫？」

「ええ、動いて、中にいっぱい出して……」

気遣って囁くと弥生が答え、自ら乳首をつまみ、もう片方の指で空いている割れ目を擦りはじめたのだ。

玲児も興奮を高め、美人教師の肉体に残った最後の処女の部分を味わい、様子を見ながら小刻みに腰を動かしはじめていった。

彼女も緩急の付け方に慣れてきたのか、次第に律動が滑らかになり、クチュクチュと摩擦音を立てはじめた。

さすがに入り口は狭く締まりが良いが、中は思ったより楽で、ベタつきもなく滑らかな感触だった。

玲児もジワジワと高まり、すっかりリズミカルになった摩擦の中で絶頂を迫らせていった。

「アア……、いきそう……」

弥生も、自分で乳首とクリトリスをいじりながら喘ぎ、連動するように割れ目と肛門を息づかせた。

たちまち玲児は、大きな絶頂の快感に全身を貫かれ、

「い、いく……！」

口走りながら、ドクンドクンと熱いザーメンを狭い穴に注入していった。

すると中に満ちるザーメンで、さらに動きがヌラヌラと滑らかになった。

「ああ、熱い、いく……、アアーッ……！」

噴出を感じた弥生も喘ぎ、激しくクリトリスを擦りながら肛門を収縮させ、ガクガクと狂おしい痙攣を開始したのだった。

潮を噴くように大量の愛液が漏れ、玲児はアナルセックスでも昇り詰める女体の神秘に驚きながら、心置きなく最後の一滴まで出し尽くしていった。

もっとも弥生は、肛門感覚というより、クリトリスで自らの指によるオルガスムスに達したのだろう。

とにかく玲児は初めての感覚に満足しながら動きを弱め、力を抜いていった。

「ああ……」

彼女も乳首と股間から指を離して身を投げ出し、満足げに喘ぎながら肌の硬直を解いていった。

するとザーメンにまみれたペニスが押し出され、まるで排泄されるようにツルッと抜け落ちた。可憐な蕾が丸く開き、一瞬滑らかな粘膜を覗かせたが、徐々に元の形に戻っていったのだった。

5

「さあオシッコしなさい、中も洗い流した方がいいから」

バスルームで、弥生が玲児のペニスを甲斐甲斐しく洗ってくれながら言った。

引き抜いたときも、特に汚れも匂いも感じなかったが、弥生は丁寧にボディソープで洗い、シャワーの湯で流してくれた。

玲児も懸命に回復を堪えて尿意を高め、ようやくチョロチョロと放尿した。

出しきると、彼女はもう一度洗い流し、最後に消毒するように屈み込み、チロリと尿道口を舐めてくれた。

「ね、先生もオシッコして」

玲児は洗い場の床に座り、目の前に弥生を立たせて言った。

そして片方の足を浮かせてバスタブのふちに乗せ、開いた股間に顔を埋めて舌を挿し入れた。

濃かった匂いは薄れてしまったが、新たな愛液が多く湧き出して舌の動きを滑らかにさせた。まだ彼女は、膣内で果てていないから欲望がくすぶっているのかも知れない。

弥生も拒まず尿意を高めてくれ、次第に柔肉が迫り出すように蠢いて味と温もりが変わった。

「あう、出るわ……」

息を詰めて言うなり、チョロチョロと熱い流れがほとばしって彼の口に注がれてきた。玲児はうっとりと味わいながら喉に流し込み、淡く控えめな味と匂いを貪った。

口から溢れた分が肌を伝いながら、ピンピンに回復しはじめたペニスを温かく浸した。

しかし流れはすぐに治まり、玲児は滴る余りの雫をすすり、残り香の中で濡れた柔肉を舐め回した。

「あう、もうダメ……、何だか、お尻からザーメンが洩れてきそう……」

弥生が言うので、玲児は洗い場に仰向けになり、狭いので両膝を立て、彼女を向こう向きに胸に跨がらせて尻を突き出させた。

「いいよ、出してみて」

彼が息づく肛門を見上げながら言うと、

「アア……」

弥生は喘ぎ、何度かモグモグと収縮させていたが、間もなく白濁のザーメンが粘ついて彼の胸に滴ってきた。すると微かに、湿った風船から洩れるような音とともに小泡も滲み、ザーメンが黄褐色に濁って生々しい匂いが漂ったのだ。

「あう、もうダメ……！」

彼女が言うなり慌てて股間を引き離し、シャワーで玲児の胸と自分の肛門を洗ってしまった。

「大きい方をしても構わないのに」

「無理よ、朝したのだから出ないわ……」

言うと弥生が答え、実際中に入っていたザーメンだけが出たようだった。

やがて二人でもう一度全身をシャワーで洗い流すと、身体を拭いてバスルームを出た。

全裸のままベッドに戻り、彼は仰向けになった。

「ね、いっぱい舐めて……」

言うと弥生も顔を寄せ、彼の両脚を浮かせて尻の谷間から舐めてくれた。

「あう……」

チロチロと蠢く舌先がヌルッと潜り込むと、玲児は快感に呻きながら肛門で美人教師の舌先をキュッと締め付けた。

弥生が出し入れするように舌を動かすと、内部から刺激されたペニスがヒクヒクと上下に震えた。

ようやく舌が離れたので脚を下ろすと、そのまま彼女は陰嚢をしゃぶり、舌で二つの睾丸を転がして袋全体を唾液にまみれさせた。

そして身を乗り出し、ペニスの裏側をゆっくり舐め上げてきたのだ。

滑らかな舌が先端まで来ると、弥生は粘液の滲む尿道口をしゃぶり、スッポリと喉の奥まで呑み込んでいった。

「アア、気持ちいい……」

玲児は快感に喘ぎ、清らかな唾液にまみれた肉棒を彼女の口の中でヒクヒクと震わせた。弥生も熱い息を股間に籠もらせ、幹を口で丸く締め付けて吸い、念入りに舌をからめてくれた。

彼がズンズンと股間を突き上げはじめると、

「ンン……」

弥生も熱く鼻を鳴らし、顔を動かしてスポスポと摩擦してくれた。

「せ、先生、いきそう。跨いで入れて……」

すっかり高まった玲児が言うと、すぐに彼女もスポンと口を引き離し、身を起こして前進してきた。

やはり弥生も最後は、膣感覚で昇り詰めたいのだろう。

仰向けの彼の股間に跨がると、弥生は幹に指を添えて先端に割れ目を押し当ててきた。

そして息を詰め、位置を定めるとゆっくり腰を沈み込ませていった。

張り詰めた亀頭が潜り込むと、あとは滑らかにヌルヌルッと根元まで嵌まり込み、彼女は完全に座り込んで股間を密着させた。

「アア……、いいわ……」

弥生が顔を仰け反らせて喘ぎ、彼の胸に両手を突っ張り、上体を反らせながらグリグリと股間を擦り付けてきた。

玲児も肉襞の摩擦ときつい締め付け、大量の潤いと熱いほどの温もりに包まれながら快感を味わった。

やがて弥生が身を重ねてきたので、彼も両膝を立てて尻を支え、下から両手を回してしがみついた。胸に密着して弾む乳房を感じながら、徐々にズンズンと股間を突き上げると、彼女も腰を遣って合わせながら、上からピッタリと唇を重ねてきた。

玲児も舌をからめ、生温かな唾液をすすりながら、滑らかでリズミカルな律動に高まっていった。

「い、いきそう……！」

弥生が口を離して喘ぎ、彼も美人教師から吐き出される熱く甘い息を嗅ぎながら絶頂を迫らせていった。

大量の愛液が互いの股間を生温かくビショビショにさせ、動きに合わせてピチャクチャと淫らな音が響いた。

弥生も正規の場所で激しく腰を遣い、熱い息を弾ませて高まっていた。

「唾を垂らして……」

言うと彼女も懸命に分泌させ、白っぽく小泡の多い唾液をトロトロと吐き出してくれた。舌に受けて味わい、うっとりと喉を潤し、さらに彼女の口に鼻を押し込んで、甘い刺激の吐息を胸いっぱいに嗅いだ。

すると弥生も舌を這わせ、フェラチオするように鼻の穴と頭を唾液でヌルヌルにしてくれた。

「い、いく……！」

とうとう玲児も、美人教師の唾液と吐息の匂いに昇り詰め、肉襞の摩擦の中で大きな快感に貫かれてしまった。

同時に、ありったけの熱いザーメンがドクンドクンと勢いよくほとばしり、

「あう、もっと……、気持ちいいわ、アアーッ……！」

噴出を感じた弥生も声を上ずらせ、ガクガクと狂おしいオルガスムスの痙攣を開始したのだった。

玲児は締め付けと収縮を強めた膣内で心置きなく快感を味わい、最後の一滴まで出し尽くしていった。

すっかり満足して動きを弱めていくと、

「ああ……」

弥生も声を洩らして肌の硬直を解き、グッタリと力を抜いてもたれかかってきた。まだ息づく膣内に刺激され、射精直後のペニスが内部でヒクヒクと過敏に跳ね上がった。

そして玲児は彼女の重みと温もりを味わい、湿り気あるかぐわしい吐息を嗅ぎながら、うっとりと快感の余韻を噛み締めたのだった。

すると弥生が息を弾ませ、しきりに鼻をすっていた。

「泣いてるの？」

「卒業式にも泣かなかったのに、なぜか……」

訊くと弥生が答えた。玲児がこの土地を離れるとき、本当に教え子を卒業させた気になったのかも知れない。

弥生の濡れた鼻の穴を舐めると、ヌメリは彼女の愛液そっくりな味と舌触りをしていた。

「ね、鼻水を吸い込んで、口から吐き出して」

「そんなことしたら、また中で大きくなってしまうでしょう。もう一度したら、私は動けなくなるわ」

弥生が泣き笑いの表情で答え、キュッと締め付けてきた。

玲児も呼吸を整えながら卒業を意識し、明日からの新たな生活に思いを馳せるのだった……。

＊この作品は、書き下ろしです。また、文中に登場する団体、個人、行為などは実在のものとはいっさい関係ありません。

二見文庫

夜《よる》の卒業式《そつぎょうしき》

著者　睦月影郎《むつきかげろう》

発行所　株式会社 二見書房
東京都千代田区神田三崎町2-18-11
電話 03(3515)2311［営業］
03(3515)2313［編集］
振替 00170-4-2639

印刷　株式会社 堀内印刷所
製本　株式会社 村上製本所

落丁・乱丁本はお取り替えいたします。
定価は、カバーに表示してあります。

ISBN978-4-576-20046-0
https://www.futami.co.jp/